ユリシーズ

「日本ミニバン」誕生物語

小田垣邦道
ODAGAKI Kunimichi

文芸社文庫

ユリシーズ■目次

Ⅳ　五里霧中

Ⅴ　歓　喜

主な登場人物

［萬田自動車・日本ミニバン「ユリシーズ」開発チーム］

織田　翔太　開発責任者
角谷　良雄　ボディ部門開発リーダー
松崎　俊彦　内装部門開発リーダー
麻野　研治　エンジン部門開発リーダー
今井　　誠　シャーシー部門開発リーダー
三浦　静男　エクステリア開発リーダー
沢原　慶子　インテリア開発リーダー
坂東　隆司　設計部門取りまとめ役
荒木　雅夫　車両試験取りまとめ役

＊

天城　重文　アメリカ支社長
鍋島　義男　開発センター長
伊達　芳彰　設計部長
長岡　栄次　新型高級車「サーガ」開発責任者、織田の以前の上司

原島　浩男　　　　生産部門「ユリシーズ」責任者（埼玉工場）
大澤　紘一　　　　生産技術課長（埼玉工場）
東浦　　仁　　　　国内営業担当役員
緒方　正英　　　　国内営業・部長
志木　武男　　　　〃
大久保利雄　　　　事業担当役員
石原　裕一　　　　事業部長
チャールズ・アンダーソン　アメリカ研究所・所長
吉村　敏行　　　　オハイオ工場・工場長、のち副社長

Ⅰ

希　望

リスト――一九九〇年夏

　青山通りに面して林立する総ガラス張りの近代的な高層ビル群がギラギラと光線を跳ね返すなかで、ひとり白く輝き、異彩を放つビルがあった。先進企業として世界に広くその名を知られた萬田自動車の本社ビルだ。各階にベランダがあるという、オフィスビルとして見ると特異な外観は、万一の際に窓ガラスが割れて落下し、地上の人を傷つけでもしてはいけないという創業者の意思の表れだ。萬田自動車を強力に牽引してきた創業者が惜しまれつつ勇退してから、すでに二十年近い月日が流れていた。
　しかし、本社ビルの姿に象徴されるように、業界水準で満足することなく、考えうる最高の商品を生みだしてお客様に喜んでもらいたいという人間愛に満ちた創業者の思いは、萬田自動車の社員の心に脈々と受け継がれていた。

「鍋島君」
　少し薄暗い役員フロアーの廊下で、背後からの静かな低い声に気づき、開発センター長の鍋島義男は振り返った。

「あ、天城さん、日本に帰っておられたのですか」

アメリカ支社長の天城重文は、長身で物腰の柔らかい紳士然とした人物だが、萬田自動車の営業部門の実質的トップであり真の実力者だ。

「ああ、昨日帰国したよ。ところで、ちょっとお願いがあるのだが」

天城の口調は、いつもと変わらず穏やかである。

「何でしょうか」

エンジニアらしく生真面目な鍋島は、小声で話す天城の言葉を聞き漏らすまいと一歩そばへ寄った。

「知ってのとおり、アメリカ市場ではミニバン販売が好調で、もはや無視できない存在になっている」

「はい、存じています」

鍋島の顔がわずかに曇った。

「アメリカ研究所でミニバンの検討を進めてくれているから、日本の開発センターでもそれなりの動きをしてもらえないか」

「そうですか……」

鍋島は一瞬躊躇したようだったが、「分かりました」と応じた。

鍋島は生粋のエンジニアだった。技術を見通す蛇のように鋭い眼光とは裏腹に、ときおり垣間見せる温かな眼差しは生来の優しさを湛えていた。

翌日、本社から栃木県にある開発センターに戻った鍋島は、天城の依頼が気にかかりながらも、日々の仕事に忙殺された。数日後、やっとなんとか時間を見つけ、机の引き出しから一枚のリストを取り出した。開発責任者の候補者名と、各人が現在担当している業務内容をまとめたものである。リストの名前を目でなぞり、一人に目を留めた鍋島は、電話に手を伸ばした。

「もしもし、長岡です」

受話器から、力強い声が聞こえてきた。

萬田自動車は大衆車を得意としていた。しかし好景気を反映して利幅の大きい高級車が飛ぶように売れている市場の状況を黙って見ているわけにもいかず、新型高級車サーガの開発が急ピッチで進められていた。長岡栄次はその開発責任者であり、量産準備のため埼玉工場に長期出張していた。天然パーマに太いげじげじ眉毛、人の内面を見透かすようなギョロリとした目を持つ小柄な男である。

「鍋島だが。長岡君、クルマの仕上がりは順調かな」

「あっ、鍋島さん。はい、課題は多いですが、今のところ特にご相談しなければならない状況ではありません。ところで、今日は……」

鍋島が出先にまで電話してくる以上、重要な用件に違いないと長岡は感じていた。

「実は、君のところにいる織田翔太君に、アメリカ向けミニバンの検討をしてもらいたいのだが」

「えっ⁉」

予想外の話に長岡は少し驚いた。

開発の最終仕上げのために、長岡が開発センターから埼玉工場に連れてきたエンジニアは全部で三十人。織田はそのなかで唯一の管理職である。

「時期はいつごろですか？」

「なるべく早く、できれば半月以内にアメリカに行かせたいと思っている」

「それはまた、ずいぶん急ですね。分かりました、なんとかしましょう」

長岡は戸惑うことなく即座にそう答えた。

彼は豪胆な器量の持ち主で、その並外れた業務遂行能力を、鍋島は高く評価していた。

「ところで、この件は私から彼に伝えますか」

「いや、織田君には私から話すよ」

そう言って鍋島はゆっくりと受話器を置いた。

一本の電話

「織田さん、開発センターから電話です。そちらに回します」

サーガ開発チームが間借りしている管理棟は、埼玉工場の片隅にあった。

この日も、設計者のもとに生産性向上を求める生産担当者や品質担当者が次々と訪れ、あちこちで熱い議論が闘わされている。

管理職になって間もない三十代後半の織田翔太は、残すところ二か月となった量産開始期限がひたひたと迫ってくるのを感じながら、目の回るような忙しい毎日を送っていた。

またなにか新たな問題が起こったのかな……織田はそう考えながら受話器を取った。

「もしもし。織田です」

「鍋島だが。織田君、作業は順調に進んでいるかな」

鍋島からの電話と知って、織田は少しばかり動揺した。織田クラスの社員にセンター長から直々に電話があるなど、普通では考えられないことだ。

「い、いえ、まだ課題項目がたくさん残っています」

織田は、上ずった声で答えた。

「驚かせてしまったようだね。いや、今日はサーガのことで電話したんじゃないんだ。実は、君にある新型車の開発を任せようと考えていてね。状況が厳しいようだったら、上司の長岡君とよく相談してもらいたい。頼みたいのはアメリカ向けミニバンだ。すでにアメリカ研究所では先行して検討に入っているので、なるべく早くアメリカに行って検討に参加してもらいたい」

「はい、分かりました。長岡さんとよく相談してみます。開発責任者に指名していただき、ありがとうございます」

とっさにそう答えはしたものの、なにもこんな時期に……受話器を置いた織田の心は複雑だった。

従業員二十万人ほどの世界企業である萬田自動車に、開発責任者は十数名しかいない。いつかは開発責任者に……と漠然とした夢を抱いていたのは事実だったが、現在自分が置かれている状況を考えると、手放しでは喜べなかった。

その日の夜、開発チームのみんなが宿に戻り、シーンと静まり返った部屋の片隅で、長岡と織田は黙々と仕事を続けていた。

彼らの席の後ろの壁は、課題項目を箇条書きにしたリストで埋め尽くされ、そこに貼られた五ミリほどの小さなシールの色が業務の進捗状況を示していた。完了を示す青色のシールは少なく、大半は検討中の黄色か、未着手を示す赤色のシールだった。

その日提出された図面は、項目ごとに丸められて大きな段ボール箱に立てて置かれている。図面は、織田がチェックしたあとに長岡が最終確認してから、正式に発行されることになっていた。

織田は絶対に間違いを見過ごすまいと、変更内容が記入された帳票と照らし合わせながら、丁寧に一枚一枚の図面を確認していた。

一方の長岡は、いつものように天然パーマに輪ゴムで鉢巻をして、「チャッチャカ、チャッチャカ」とつぶやきながら、簡単に図面を確認してどんどんサインしている。織田はときおりその様子を見ながら、昼間の件をいつ話そうかとヤキモキしていた。

「織田君、これは確認したのか」

突然、長岡の大きな声が静かな部屋に響き渡った。

「どれですか」

織田は慌てて駆け寄り、長岡の机の上に広げられた二枚の図面を覗き込んだ。二人の設計者が提出した図面の同じであるべき数値が、微妙にずれている。

「す、すみません。見落としました」

織田の背筋は凍りついた。今、不具合を見落とすことは、収束すべき仕事が発散することを意味する。

「二つの図面の関連性を見落としました。申しわけありません」

頭を下げながら、ふと疑問を感じた織田は思わず尋ねた。

「ところで、どうして間違いを見つけたんですか。細かく確認しているようにも見えなかったんですが」

「作図者の名前だよ。彼が関連者に変更内容の連絡をしているわけがないだろう」

長岡は部下一人ひとりの性格を的確につかんでおり、誰が作図したかによってチェックの仕方を変えていたのだ。


午前二時ごろ、段ボール箱が空になったのを見て、長岡はフーッと息を吐きながら伸びをした。

「そろそろ帰ろうか。ところで、鍋島さんから電話があったんだって?」

「エッ」

話を先に切りだされて織田は一瞬、言葉に詰まった。

「どんな話だったんだ」

「いや、実はミニバンの開発を任せたいと言われました。なるべく早くアメリカに行ってもらいたいと。でも、無理ですよね、こんなに課題が残っているのに、途中で放りだすわけにはいきません。アメリカ出張は遅らせてもらうようお願いしてみるつもりです」

「それじゃあ、俺から遅らせるように話してやるよ」——長岡がそう言ってくれることを、織田は期待していた。しかし、長岡はじっと織田を見つめて静かに言ったのだった。

「その話なら聞いているよ。いい話じゃないか、あとは俺たちに任せて行ってくればいい」

しかし、今までに何度も新型車の量産準備に携わったことのある織田は、プロジェクト終盤のこの時期に自分が抜けることがチームにどんな影響を与えるかが分かっていた。それに、自分で最後の詰めをやり遂げ、サーガの初号機が量産開始される姿を見届けたかった。

「それはできません。量産準備が整ってから行きます。そうさせてください」

「バカ、チャンスは待ってはくれないぞ」

長岡は、少し厳しい口調で続けた。

「俺は人を自分の便利には使わない。織田君が行けば、また誰かを育てるから心配するな。織田君もこれから先、自分の役に立つ人を便利に抱え込まないようにしろよ」

そう言って、微笑みながらも鋭い眼差しで織田を見据えた。

翌朝、朝礼に集まった三十人の設計者を前に、長岡がいつものようにスピーチを始めた。

「みなさん、おはよう。毎日ご苦労さまです。今日の予定を話す前に、みなさんにお伝えしたいことがあります。実は、織田翔太君がミニバンの開発責任者に選ばれました」

どよめきが起こった。長岡は、ざわつきが収まるのを待って話を続けた。

「急な話ですが、織田君は来週早々にもサーガチームを離れ、アメリカに調査に行くことになっています。来週から、サブリーダーは坂東隆司君に替わりますので、よろしくお願いします。離任と新任の挨拶は、今週末にしてもらいましょう。次に、今日のイベントですが……」

まだ内示を受けただけなのに、もう発表するなんて……織田は驚いた。思い惑っている様子の織田を見て、長岡は覚悟を決めさせようとしたのだろう。長岡らしい強引な進め方だが、そうでもしないとズルズルいくのは明白だ。後任の坂東隆司はサーガ開発チーム発足以来、苦労を共にしてきた内装設計者で、織田より五歳ほど若い。

スピーチ台から降りた長岡は、少し悪戯っぽく言った。

「織田君、ぐずぐずしている暇はないぞ。残りの業務を坂東君に引き継いで、来週早々にアメリカに行け」

出　発

長岡から追い立てられるようにしてアメリカ行きの飛行機に乗った織田だったが、工場で奮闘している長岡たちのことを思うと申しわけない気持ちでいっぱいだった。しかし役割が変化した以上、感傷にひたっている暇はない。

織田は、目を閉じて自分に課せられた新たな役割について思いを巡らせていた。ボディ設計者として、十数年にわたってさまざまなクルマの開発に携わってきたので、自分の専門分野については自信を持っていた。また、専門外の分野に関しても、仕事を進めるうちに人脈もできて、知識もそれなりに身につけてきたという自負もある。

しかし、開発責任者ともなると話が違う。開発チームに属する数百人のエンジニアを束ね、デザイン、性能、重量、投資、コスト、収益などのバランスを考えながら、三万点にも及ぶクルマ一台分の部品の設計図面をまとめ上げなければならない。さらに、営業・生産・購買などの開発センター以外の部門とも齟齬のないように整合し、開発スケジュールに沿って、適宜、役員に報告して承認を得ながら仕事を進める必要があった。

これまで数多くの開発チームに所属してきたが、困ったときにはいつも、開発責任者に相談して判断を仰いでいた。開発責任者は常に納得のいく判断をしてくれて、いざとなれば、矢面に立ってチームのみんなを守ってくれた。言い換えれば、開発責任者には逃げ道がないということだ。

僕に開発責任者が務まるのだろうか……織田は、これから自分が担う責任の重さを改めてひしひしと感じるのだった。

あれこれと考えるうちに、十歳ほど年上の石原裕一の仕事ぶりを思いだしていた。織田は石原のもとで何度か新型車の開発を担当したことがあった。高級車サーガも、開発の大半の期間は石原がチームを率いてきたが、石原の転勤に伴い、途中から長岡が開発責任者を引き継いだのだった。田舎育ちの織田は、ダンディで、クルマづくりの才に溢れ、いつも穏やかな石原を心から尊敬していた。そして、開発責任者としていくつものクルマをヒットさせていた石原の仕事の進め方を、自分のクルマづくりの規範とすべきだと確信した。

石原さんはいつも、「お客様にとってどうか」を最終的な判断基準にしていたな……まず、お客様を徹底的に観察し、「お客様はどう思うか」が正しく判断できるようにならなければ……織田は自分に言い聞かせた。

ロサンゼルス空港に到着した織田は、タクシーに乗ってフリーウェイを南下した。片側五車線の道路にクルマは多いが、ラッシュアワーの時間帯ではないので流れはスムーズだ。アメリカでは大切にされているクルマとそうでない車の差が顕著で、薄汚れてところどころへこんだり、部品が取れそうになっているクルマを見ると何となく悲しそうに見える。一方で大切にされているクルマはどこか自慢げに走っていて、特にピカピカに磨かれた大型トレーラーがそうだ。日本と異なり泥除けなどのごてごてした付属品が一切なく、とてもスッキリしていて、まさにキングオブハイウェイと言わんばかりに颯爽と走っている。

一時間ほどでフリーウェイから降りて、低層のオフィスビル群を抜けると、青々とした芝生と南国風の樹木に囲まれたアメリカ支社が見えてきた。保安ゲートでサインを済ませ、広い敷地の一角にあるL字型の建物の前に着いた。

黒いガラスで覆われたアメリカ研究所を見上げた織田は、強い照り返しに思わず目を細めながら、よし！　と心の中で叫んだ。もうとやかく考えている場合ではない、前進あるのみだ、クロームで縁取りされた重いドアを押し開けて織田は中に入った。

受付で用件を伝えると、金髪で長身の男性が受付まで迎えに来てくれた。

「織田さん、いらっしゃい」

アメリカ研究所長のチャールズ・アンダーソンだ。織田は数年前にチャールズが日本に研修に来ていたときに課長に頼まれてときおり通訳をしていたので、すでに顔見知りだった。

「チャーリーさん、久しぶりです。お元気でしたか」

挨拶を済ませると、チャールズは本題に入った。

「乗用車で人気を博しているわが社からミニバンが登場するのを、みんなで心待ちにしているのです」

「こちらの研究所では、すでに検討を始められているそうですね」

「検討といっても市場の状況を調べているだけですが。われわれのミニバン検討メンバーを紹介したいので、こちらにどうぞ」

チャールズについていくと、セキュリティ・システムで守られたデザイン室の二階に案内された。

部屋には、三十歳前後の男女二人が待っていて、織田を見ると立ち上がった。マーケット・リサーチャーのロバート・ウッドとキャサリン・スペンサーだった。

お互いに自己紹介して、さっそくミニバン・プロジェクトの打ち合わせに入る。織田は数年前にミニバンに乗ったことがあった。調査のためアメリカに来た際、市場を見る目の鋭い先輩が、いま話題の乗り物だからと借りてきてくれたのだ。

当時、市場に投入されたばかりの「ダッジ・キャラバン」という名のクルマが、新たなジャンルの商品として注目を集めていた。

出張メンバーの足となったこのクルマの便利さに、織田は驚いたものだった。駐車スペースはセダンと同じだが、七人乗れるので、セダンだと二台での移動になるところを一台で行ける。そのうえ、車内で席を自由に移動できるのだ。ただ、たしかに大人数の出張には便利だが、アメリカのユーザーにとってはどうなのかな……と、アメリカでの使われ方にかねてから興味を持っていた。

のちにミニバンと総称されるこのクルマは、ベビーブーマー世代の心をつかみ、みるみるうちに販売台数を伸ばしていった。ほかのメーカーも、あとを追って次々に類似のクルマを投入したので、アメリカのミニバン市場は拡大の一途を辿っていくことになったのである。

織田が質問し、二人がそれに答えるということを繰り返すうちに、あっという間に時間が過ぎて、織田はミニバンの生まれた背景、現在の市場状況、顧客のニーズと満たすべき要件などについて、おおむね理解することができた。

「やっぱり、実際にお客さんが使っているところを見ないと、実感が湧きませんね。自分でミニバンを使ってみたり、ユーザーの使用状況を見て回ったりしたいのですが」

織田は、走行のコース選定や競合車と思われるミニバンの手配を依頼し、準備が整い次第改めてアメリカに戻ってくることにした。

「今度来られるときまでに、ミニバンの使われ方がよく分かる場所を選んでおきます」

キャサリンが言った。

「お願いします。今回は僕一人でしたが、次回は開発チームのメンバーの何人かと一緒に来ます」

お客様の使用状況を自分たちの目に焼きつけなくては……織田は石原がそうしていたように、チームのコア・メンバーと一緒にアメリカ市場を見て回ると決めていた。

打ち合わせが終わるころには、それまでの不安はどこかに吹き飛び、ミニバンという新しい乗り物を自分の手で作り上げたいという意欲が、織田の心を支配しはじめていた。

発足会

日本に帰った織田は、さっそくチームづくりに取りかかった。アメリカ出発前に織田が受け取っていた「仮発行」と書かれた開発指示書には、開発の目的・日程・開発責任者名は記載されていたが、各技術分野の部門リーダーの欄は空欄のままだったのだ。開発時期によって担当者の数は増減するが、部門リーダーはほぼ固定される。開発を進めるためには、エンジン、シャーシー、ボディ、内装、デザインなどの各部門からリーダー格のエンジニアやデザイナーを集める必要がある。

部門リーダーの選定は思うように進まなかった。一週間ほど経っても十名程度しか確定されず、あとは、候補者として名前は挙がっているものの、各自の仕事の区切りを考えると、最終決定にはあと一、二か月はかかりそうな状況だった。長岡が織田を手放したように気前よく部下を差し出す者は少なく、自分の成果のために部下を抱え込むのが普通だった。

全体の開発スケジュールを考えると、アメリカでの実地調査を遅らせるわけにはいかない。織田は、夏休みが開けるとすぐに、とりあえず確定している十名で開発をスタートすることにした。

ミニバン開発チームの発足会が行われる窓のない大きな会議室には、プロジェクター用のスクリーンに向かってこぢんまりとコの字型に机が配置され、十人のエンジニアが席に着いていた。

「みなさん、こんにちは、織田翔太です。初めてお会いする方も多いと思うので、まず自己紹介から始めましょう」

自己紹介がひととおり終わって打ち解けたところで、織田は説明を始めた。

「アメリカのミニバン市場は急速に拡大しつつあります。団塊の世代、アメリカではベビーブーマーと呼ばれていますが、日本よりも穏やかな年齢分布を示すこの世代の方たちが今のアメリカの消費をリードしているのは、みなさんご承知のとおりです。

親の世代に人気だった大型でゆったりした動きのフルサイズセダンやステーションワゴンを、鈍重で時代遅れと感じた一部の先駆的な人たちが、商用目的のフルサイズバンに乗りはじめたのが事の始まりです。しかし、商用バンは大きすぎてガレージに入らず不便なうえに、玄関先にクルマを停めて物陰をつくることは治安の悪いアメリカではは危険でもあります。そこで、バン機能を持たせたうえでもう少し小さくして、家に造りつけのガレージに駐車できるようにしたのがミニバンです。フルサイズに対してミニということですが、日本人にとってはそれでも十分大きく感じられるので、なんとも不思議なネーミングですね。

ミニバンが市場に投入されて以来、そのきびきびした走りと実用性の高さが評価され市場が拡大しているのです。競合各社からミニバンが続々と投入されていることもあり、乗用車メーカーとしてアメリカで定評があるわが社からミニバンが発売されるのを待ち望む声が日増しに強くなっています。あいにく、萬田自動車には全長五メーター、全幅二メーターで重量二トン以上の大きなクルマを生産する工場がありません。この開発には新工場の建設が必須です……」

説明を終えると、織田はみんなに聞いた。

「具体的な検討を始める前に、アメリカ市場でのミニバン使用状況と競合車の実力をきちんと把握しておきたいと思います。二週間後に出発して一か月ほどアメリカで調査したいのですが、みなさんの都合はどうでしょうか」

開発プロジェクトがスタートしたといっても、それまでの仕事の区切りがついていない者が多かった。

「行けそうな方は手を挙げてもらえますか」

ボディ設計の角谷良雄、内装設計の松崎俊彦、エンジン設計の麻野研治と、シャーシー設計の今井誠の四人がすぐに手を挙げた。

「それでは、いま手を挙げていただいた四名と私で行くことにします。ほかに質問はありませんか」

ボディ設計の角谷が手を挙げた。

「新工場となると、生産性の打ち合わせは誰とやればいいのでしょうか」

「埼玉工場の生産技術部門が協力してくれることになっています。もう少し内容が見えてきたら一緒に説明に行きましょう」

実地体験

開発チームの発足会から二週間後、織田以下、角谷、松崎、麻野、今井の五人はアメリカ研究所に到着した。強い夏の陽射しがヒリヒリと肌を刺すが、カルフォルニアの乾いた空気が心地よかった。

織田は、会議室で待っていたロバートとキャサリンに四人を紹介し、これまでの経緯を説明して具体的な調査プランの打ち合わせに入った。

明るい会議室の壁にはアメリカ合衆国の大きな立体図が貼られており、それを見ると山脈や平野の様子がひと目で分かった。

「州別に自動車販売総数に占めるミニバンの販売比率を見ると、中部の州はどれも七%、西部の州は六%、ほかは五%です。ミニバンの販売台数を州別に見ると、一位は西部のカリフォルニア州、二位が南部のフロリダ州、三位と四位は中部のイリノイ州、ミシガン州と続きます。アメリカは国土が広く、地域によって消費特性が異なります。そこで、ミニバン販売比率の高い中部と西部、それからほかの地域代表としてミニバン販売台数二位の南部のフロリダ州を調査してはどうかと思います」

地図を指しながらロバートが説明した。

議論の結果、南部はフロリダ州、中部は萬田自動車の工場があるオハイオ州、西部はいま織田たちがいるカリフォルニア州を調べることになった。

「まず、この研究所を拠点として、カリフォルニアで日常の使い勝手を調べましょう。その間にフライトやホテル、レンタカーの手配をお願いします」

「わかりました。そうしましょう」

ロバートが答えると、キャサリンも頷いた。

「ロサンゼルスの北部と南部にそれぞれ訪問したい場所をいくつか見つけておきましたので、明日から順次見に行きましょう」

キャサリンは日本のＪＡＦにあたるＡＡＡでもらっておいた地図を開いて説明を始めた。


会議のあと、夕食までには時間があったので、試乗のためにロバートが借りておいてくれたミニバンを調べてみることにした。整備場にはそれぞれメーカーの違う二台のミニバンが用意されていた。

「トラックと同じリジッドのリアサスペンションですね」

リフトアップしたミニバンの後部を見上げて、シャーシー設計の今井が言った。

「もともと商用車として荷物運搬に使われることが多いフルサイズのバンを小型化したものだからね。アメリカではライトトラックに分類されているんだよ。明日、乗り味（ハンドル操作に対する車の挙動や乗り心地）を確認してみよう」

もう一台をリフトアップしてみても構造は類似していたので、サスペンションの工夫が競争力を生むかもしれないな……と織田は思った。

翌朝、織田たち五人とロバートは製造メーカーが異なる二台のミニバンに分乗して、ロサンゼルス南部のオレンジ郡に向かった。片側五車線のサン・ディエゴ・フリーウェイを一時間あまり南下すると、眼前に広大な住宅街が現れた。ロサンゼルス市街は治安がよくないため、中流以上の家族の多くが中心部から数十マイルも離れた郊外に暮らしているらしい。

織田たちは、住宅街に囲まれたモールの中のマーケットに向かった。織田は何度かアメリカに来ていたので、研究所近くのマーケットで買い物をしたことがあったが、郊外の大規模マーケットの様相はそれとはかなり異なっていた。だだっ広い駐車場の真ん中に飾り気のないライトグレーの大きな四角い建物が建ち、まるで倉庫のような店内には、まとめ買い用の大きなパッケージにまとめられた商品が整然と棚に積まれていた。何十本ものコーラのパック、米袋のような大きな袋に入ったポテトチップス、食材もお菓子も飲み物も、一つひとつの販売単位が日本に比べて極端に大きいのだ。

「日本でいうと小売店ではなく問屋さんに来たみたいですね」

度肝を抜かれた織田のつぶやきに、笑いながらロバートが応じた。

「食べる量自体も多いかもしれませんが、共働きが多いので一週間分まとめて買うんですよ」

駐車場では買い物を済ませた人たちが、超大型のショッピングカート二台に満載の食料品をミニバンの荷室に移し替えている。これだけの買い物をしたら、とてもセダンのトランクには入りきらないだろうな……織田はアメリカでのミニバン人気の理由を目の当たりにした思いだった。

続いて織田たちは、ホームセンターを訪れた。ここもまた広大で、店内には家が丸ごと一軒建てられそうな建材や工具がずらりと並んでいた。

「ミニバンでも積めそうもないものが多いですね」

織田が聞くとロバートが答えた。

「アメリカでは自分で家を建てる人もいますが、大きなものを買うような人たちは大型のピックアップトラックを使います。

一般の人が家の手直しによく使うのは、ここにある4×8の合板と2×4などの角材です。とくに4×8はセダンでは積めないので、これが積めるかどうかが重要です」

4×8とは、日本の合板（〇・九メートル×一・八メートル）より一回り大きい約一・二メートル×二・四メートルのビッグサイズだ。タイヤ二本分の幅〇・五メートルを加えただけで一・七メートルになってしまうから、構造体の厚みと各部の隙間を加えると、ミニバンが二メートル近い全幅になってしまうわけだな……織田はミニバンのサイズがみんな同じくらいである理由が分かったような気がした。

一行は駐車場をしばらく観察していたが、残念ながらその日は4×8を実際に積み込んでいる様子を見ることはできなかった。

土地の平坦な研究所周辺と異なり、アップダウンの多い広大な丘陵地帯に延々と続く住宅街を見て回り、帰りはそれぞれ往きに乗らなかったほうのミニバンに乗ってみるようにした。研究所に戻ったのは五時ごろだった。

さっそく、いつもの会議室に集まって今日の調査で気がついたことを議論した。

「まず乗り味ですが、二台ともゆったりとした挙動で、われわれの乗用車と比べればきびきび感に欠けますね」

今井が得意げに言うと、ロバートが疑問を投げかけた。

「そうですか？　われわれには、ミニバンはあんなものだという感覚があります。それに、乗用車に比べて全高が高く車重の重いミニバンに、セダンのような走りができるものでしょうか」

「できるかどうかではなく、必要かどうかですね。どういう走り味をわれわれのお客様が期待しているのかを知らないと、なんとも言えません。今日のようなルートでのクルマの挙動は分かったので、もっといろいろな状況で試乗してからまた議論しましょう」

結論を出すのはまだ早い、と織田は思っていた。

「ところで、往き帰りの道路上で何度か見かけたのですが、ミニバンやピックアップトラックの後ろから突き出している丸い玉は何ですか」

松崎の素朴な疑問にキャサリンが答えた。

「あれはトレーラーヒッチです。ボートやトレーラーハウスなどを牽引するのに使います。トレーラーの重量によってランクがあるのですが、ミニバンでも、いちばん軽いクラスのトレーラーを引っ張れる必要があります。実際に使われている様子をご覧になりたいようでしたら、ちょうどいい場所があるのでご案内します」

「それにしても4×8は難物ですね。あんなに大きな板を納めるとなると、クルマの形が内部から決まってしまう感じです」

ボディ設計の角谷は不安そうな顔をしていた。

「難しいかもしれませんが、4×8が積めることはとても重要です」

調査には同行しなかったが、この会議には参加していた所長のチャールズが口をはさんだ。

「織田さん、調査の合間に、私の家にいらっしゃいませんか。私もときどき日曜大工をするので、どういうふうに4×8を利用するのかお見せしましょう」

「それはありがたい。ぜひお願いします。日本では大きな合板を買うことはまれで、それが積めるクルマが必要という感覚が理解しにくいので、助かります」

チャールズの家は、会社からそう遠くない丘の上にあった。ロサンゼルス市街の南側に位置するこの丘はローリングヒルズと呼ばれ、北側のビバリーヒルズほどではないが高級住宅地だ。ある程度以上の収入のある人は仕事場から遠い郊外ではなく、地価は高いが治安のいい市街地近郊の丘の上に住んでおり、チャールズもその中の一人だった。

板張りの白い洋館の前庭は一面芝生に覆われた緩やかな斜面になっていて、樹木が何本か植えられていた。チャールズは玄関前のスロープにクルマを停めると、玄関を大きく開けて一同を招き入れた。

大きな背面プロジェクション型テレビが据えつけられた広々としたリビングに、明るく開放感のあるアイランドキッチン。

「アメリカのホームドラマに出てくる豊かな生活そのものですね」

若い今井が小声で織田に囁いた。

ひととおり家の中を見せてもらい、玄関とは反対側の広い裏庭に出ると、チャールズがテラスとジャグジーを指さした。

「これらは、私が日曜大工で作ったものです。もちろんジャグジー自体は購入しましたが、設置は自分でやりました」

よく見ると、2×4などの角材や4×8の合板でできていた。

「こちらの方は、日本人より日曜大工が身近なもののようですね」

織田は少し驚いたように言った。

織田も数年前にマイホームを購入していたが、庭木の手入れくらいならまだしも、家そのものに自分で手をつけようなどと、思ったこともない。

「私たちアメリカ人は、購入したばかりの家は完成品だと思っていないのですよ。自分たちが住みやすいようにモディファイして価値を高めるのが普通です」

配管がいくぶん不格好なのが気になった。

「ジャグジーは配管も自分で？」

織田の問いに、チャールズは当然というように答えた。

「ええ。われわれは、配管も日常的に自分たちで行うんですよ。ここは本来砂漠なので、庭の整備と散水用の配管は同時に行わないと、せっかく植えた植物がすぐに枯れてしまうのです。こちらへどうぞ」

そう言って、チャールズは織田たちを家に造りつけのガレージの中に連れていき、パイプと工具を取り出した。

「パイプは長いものを買ってきて切って使うので、ステーションワゴンやミニバンがあると便利なのですよ。こうして長さを合わせて切り、必要な場所に散水ノズルを設置してタイマーで自動的に散水するのです」

工具を使ってパイプを実際に切って見せたあと、今度はタイマーをいじって散水装置を作動させた。

プシューという音とともに、樹木の根元や芝生のあちこちから勢いよく水が吹きだして緑を濡らした。

それにしても……チャールズの説明で日米の文化の違いを具体的に感じる一方で、織田のなかには素朴な疑問も湧いていた。周囲を砂漠に囲まれたこの街は巨大な人工オアシスなのか……この街を養うほどの水は、いったいどこから来るのだろう。

小学校

キャサリンから、学校への送迎にミニバンが多く使われているという話を聞いた織田たち五人は、ある朝早く競合社のミニバンに乗って近郊の小学校に向かった。

校門から少し離れた路肩に停車し、通学風景を撮影しながら観察することにした。ひっきりなしにクルマが来て、親たちが子供を学校の前に降ろしている。「親しいママたちが、交替でお互いの子供も一緒に送迎できるので、ミニバンに人気があるんです」とキャサリンが言っていたように、セダンに交じってミニバンが多く使われているることがよく分かった。ミニバンはまさに旬の商品として輝いていたのだ。

「日本の軽のような使われ方ですね。織田さん」

ビデオを撮影していた角谷が思わず口にした。

「そうだね。ミニとは言え、あんなに大きなクルマが軽のように使われているのは面白いね」

「アメリカの親も大変ですね。毎日送り迎えなんて」

松崎が感慨深げに言った。

織田たちは、いろいろと話しながら、日本では一般的でない小学校への送迎の様子を観察し続けた。

しばらくして、松崎が突然叫んだ。

「あっ、パトカーがこっちに来ます！」

松崎の指さすほうを見ると、さっきまで学校の門前に停まっていたパトカーがこちらに向かって来るのが見えた。

そういえば、児童誘拐の多いアメリカで、アジア人五人がバンに乗って通学の様子をビデオや写真に撮っているのは明らかに怪しい。気がつくと、運転席にいた麻野がとっさの判断で車をゆっくりと発進させていた。学校とは逆方向に低速で走っていると、追いついてきたパトカーの中から警官二人がこっちをじっと見ているのが分かった。

織田はロバートの言葉を思いだした。

「スピード違反などでパトカーに捕まったときは、必ず手を警官から見える場所に出しておいてください。パスポートや免許証を出そうとして上着のポケットに手を入れたりすると撃たれる場合があります」

アメリカでは銃が自由に手に入るので、警官は相手が銃を持っている前提で対応してくるのだ。

「止められたら、みんな手を見えるところに出すんだ！」

織田が緊張した声で叫んだ。

並走するパトカーを見ながら、織田は警官にどう説明しようかと考えていた。

とそのとき、パトカーはスッとスピードを上げて織田たちの乗ったクルマを追い越していった。怪しいが職務質問するほどでもないと感じたらしい。

ミニバンの中の五人は、ホッとして顔を見合わせ、パトカーの後ろ姿を見送った。

研究所に戻った織田たち五人は、ビデオと写真を確認したあと、今度は下校の様子を見るために朝とは異なる小学校に向かった。朝の経験から、今回は停車はせず、学校の周りをゆっくりと回ってみることにした。学校には駐車場が十分にないらしく、学校の周りの道路にたくさんのクルマが駐車されている。よく見ると、運転席に人が乗っているクルマとそうでないクルマがあった。門の前まで車を進めると、何人かの親が子供の出てくるのを待っているのが見えた。どうやら子供の年齢によって、校門まで迎えに行く場合と、クルマの中で待つ場合とに分かれるようだ。しばらくすると、授業が終わった子供たちがぞろぞろと歩道を歩いて親のクルマに向かっていく光景が見られた。

研究所に戻った織田たち五人は、ロバートとキャサリンに参加してもらってこの日経験したことを話した。

「何事もなくてよかったですね」

パトカーの一件を聞いてロバートが心配そうに言った。

ロペツ湖

早朝から、キャサリンの案内でミニバンに乗って北に向かった。彼女が話していたトレーラーヒッチの使われ方を見るためだ。

ロサンゼルス市街を抜けると、眼前に朝の光でキラキラ輝く太平洋が広がる。海岸沿いのパシフィック・コースト・ハイウェイを進み、オックスフォードからは一〇一号線に乗って北上を続けると、オレンジの屋根と白い壁の美しいサンタバーバラの街並みが現れた。

海岸沿いから内陸に入り、ソルバング、サンタマリアを経て、ようやく目的地のアロヨ・グランデに到着したころには正午を過ぎていた。

一行は簡単に食事を済ませて、今度は東の方角に向かう。ロペッツ・ドライブをどんどん進むと、森林警備隊のゲートがあった。キャサリンがボーイスカウトのような格好をした警備隊員を相手に手続きを済ませると、ゲートが開いた。細い道路をさらに進む。ほどなく、木々の間から大きな湖が見えてきた。湖を左に見ながら走っていると、ウインドサーフィンを楽しんでいる人たちの姿が見えた。

「これがロペッツ湖です。研究所の人たちも、休日にはここまでやってきてジェットスキーやウインドサーフィンを楽しむんですよ」

キャサリンが言った。

しばらくして、一行は湖畔の広い駐車場にクルマを停めた。

トレーラーを牽引しているクルマが何台か停めてあったので、みんなでヒッチの様子を確認することにした。

「クルマを確認する際は、近づきすぎると振動で盗難防止装置が作動しますから気をつけてください」

キャサリンが事前に注意を促す。

丸い玉のヒッチにトレーラー側からキャップのような金具が被さって結合されており、ヒッチの横にはカプラーが設置されていて、クルマとトレーラーが電気的にも結合されている様子がよく分かった。

駐車場の外れからキャサリンの呼ぶ声が聞こえた。

「こっちに来てください」

声のするほうに行くと、駐車場の端から湖に向かって幅の広いコンクリートの道路がまっすぐ水中に向かって延びているのが見えた。

何に使うんだろう……水陸両用車でも来るのかな……織田は目の前の不思議な光景を見て驚いた。それが何なのか確かめるため湖面近くまで降りてみると、水中のずっと深くまで道路が続いているのが見えた。

「織田さん、後ろ」

キャサリンの声に慌てて振り返ると、斜面の上からトレーラーに乗せられた真っ白い大きなクルーザーがゆっくりと下りてきた。さらに見上げると、トレーラーはフルサイズのオフロード車に牽引されている。オフロード車は湖面に向かってどんどん後退を続け、クルーザーの船尾が少し水中に浸かったところで、助手席から若い男性が降りてきた。彼は、クルーザーをトレーラーに固定していたベルトを外し、ドライバーに合図して、トレーラーがほとんど水中に沈むまで後退を続けさせた。すると、クルーザーは湖面に浮かび船首だけがトレーラーにつながれている状態になった。船首からクルーザーに乗り込んだ男性は船首のロープを外し、「ブロロロッ」と野太い排気音をとどろかせながらクルーザーを反転させて、湖面を滑るように走り去っていった。

ドライバーはそれを確認するとオフロード車を前進させ、完全に水没していた空のトレーラーを水中から引き上げて、ゆっくり坂を上っていった。

あっけないほど簡単に作業が終わったのを見て織田は驚いた。水中の道路は、湖面がどこにあってもボートを降ろせるようにするためのものだった。ロサンゼルス市街で真っ白な大型のクルーザーを悠然と牽引するクルマを何度か見かけたことがあったが、ボートの載せ降ろしはクレーンなどを使う大がかりな作業だと織田は思い込んでいた。

「いいタイミングで見られましたね。インフラが整っているアメリカでは、ボート遊びがとても身近なものなのです。ただ、ミニバンで牽引するのはクルーザーではなく、ジェットスキー用のトレーラーくらいですが」

キャサリンが微笑んだ。

ミニバン販売台数が全米第二位のフロリダ州では、ミニバンの使われ方を二日かけて調べてみた。その結果、この地域にミニバンが多いとはいっても、大半が空港から行楽地への移動のためのレンタカーだと分かった。一行は、遊園地の駐車場に陣取って、順序よく入ってくるクルマから家族連れが降りてくる様子をビデオと写真に収めると、次の目的地オハイオ州に向かった。

オハイオは、緑が多く平坦で農場が多いことを除けば、マーケットやスポーツ用品店などの様子はロサンゼルス近郊と大差がないものだった。ただ、ホームセンターの駐車場で織田たちは面白い光景に出くわした。

初老の夫婦が、フルサイズセダンで牽引してきた大型のリアカーに4×8の合板を積み込んでいるのだ。リアカーは合板にぴったりの大きさにできており、相当年季の入ったもののようだった。

ほかにも、4×8や2×4を積んだミニバンを二台、ピックアップトラックを一台見かけた。

4×8や2×4が、ロサンゼルス近郊より身近なもののようだと織田は感じた。

シエラネバダ

「使い勝手調査に加えて、ミニバンの動力性能を調べるために、登坂を含む長距離走行をしてみてもいいでしょうか」

エンジン設計の麻野は、ミニバンの走行性能についてもっと詳しく知りたいと思っていた。

「そうだね。僕も長距離走行での操縦安定性や、室内の快適性について知りたいから、やってみようか」

織田も長距離走行に興味津々だった。

「それなら、シエラネバダ山脈の東側を北上してシエラネバダを越え、今度は山脈の西側を南下して戻ってきてはどうですか。往きも帰りもまる一日運転することになると思います」

ロバートの提案に同意した織田たちは、さっそくAAAで必要な地図を入手してルートを定め、宿を予約した。今回は日本からの出張組だけで行くことにした。

織田たち五人は朝早くホテルを出発して、シエラネバダの東側の山麓にあるリー・バイニング村を目指した。

ロサンゼルスから北東に向かい、街並みを抜けると、砂漠地帯に出た。砂漠とはいっても灌木がぽつりぽつりと生える独特の風景だ。延々と続く砂漠の中をひたすら北上し、インディアン・ウェルズからは国道三九五号線に乗って北上を続ける。何車線かあった道路もここまで来ると対向一車線となり、舗装路上に引かれた白線だけが対向車線との境界だった。真っ直ぐなその道は視界の彼方まで見通せるが、熱気によって像がゆがめられて陽炎の中に浮かんでいた。

しばらくすると、遠くにゆらゆらと揺れる明かりがぼんやりと見えた。だんだん大きくなったその明かりが、実は対向車のヘッドライトだとはっきり分かった瞬間、ゴーッと横を通り過ぎていった。

「真っ直ぐで運転が退屈な道路が延々と続くから、すれ違うクルマのどちらかが居眠りをしていたら大変なことになるね。昼間からヘッドライトを点灯させて走るのももっともだな。ハンドルのレスポンスも、キビキビ感より直進安定性を重視したほうが、こういう道には合いそうだね」

織田はすれ違いざまに思わず身構えていた自分が恥ずかしかった。

「太陽光がずっと同じ方向から射してくるので、日向側はほんとに暑いです」

後席の角谷は窓ガラスに地図を挿んで日よけにしていたのだが、それでもいかにも暑そうだった。

「運転席は地図を日よけにできないから、サイドのサンバイザーがとても大切だね。アメリカのクルマには、サンバイザーが前用と横用、別々にあるものや、引き出してサイズを大きくできるものなどがある理由がよく分かるよ」

一行が今回乗っているミニバンはサンバイザーが小さい。織田はそれが恨めしかった。

運転を交替しながら、ひたすら北上を続けた。道路沿いに見つけた小さなレストランで昼食をとって、さらに数時間走りマンモスレイクに着いた。この町で夕食を終えたころには、あたりはすっかり暗闇に包まれ、ヘッドライトの光がぼんやりと前方を照らすだけになっていた。

「地図によると、そろそろのようだね」

マップライトで地図を確認しながら織田が言った。

少しスピードを落として、しばらく進むと、ヘッドライトに照らしだされた小さな看板が見えた。

〈LEE・VINING　リー・バイニング兄弟がインディアンと戦ってこの村を開く〉

「ここです！」

すれ違うクルマもない真っ暗な森の中の走行に薄気味悪さを感じていた今井が、嬉しそうな声を上げた。

小さな村なので、予約しておいたモーテルを見つけるのに時間はかからなかった。

翌朝、五人はシエラネバダ山脈の西側に抜けるための登坂路の一つタイオガ・ロードに向かった。ロッキー山脈より標高が高いこの山脈は、「ドナー隊の悲劇」に見られるように西部開拓時代には大変な難所だったらしい。

遠くに連なる壁のような山脈に向かって急勾配の道はほぼ真っ直ぐに延びており、エンジンがうなり声を上げているわりに車速は上がらない。あたりの景色があまりにも雄大なので、エンジン音を聞かなければミニバンが止まっているかと錯覚するほどだ。

「低速ギヤだと回転が上がりすぎ、高速ギヤだと速度が少しずつ低下するため、トランスミッションが変速を繰り返しています。日本の山道だとコーナーのたびに減速を強いられるから、こういう経験はしたことがないなあ」

激しく上下動を繰り返すエンジン回転計を見ながら、エンジン設計の麻野が言った。

「それにしてもタフな坂ですよね。今は五人しか乗っていないからいいけど、八人乗車だと、このクルマの六気筒大排気量エンジンでもパワー不足を感じるでしょうね」

麻野はエンジンパワーがどこまでいるのか心配になったようだ。

坂道を延々と上り続けて、道路の勾配が緩くなりはじめたあたりから、ゴツゴツした岩山が目立つようになった。道路端の空き地に数台ずつクルマが駐車されているのが見られた。停めてあるクルマの大半は中型のステーションワゴンか小型のオフロード車で、どうやら峠の両側に見える岩山に登山をしに来ている人たちのクルマらしい。

やがて道路は下り坂になり、しばらくすると、両側をほとんど垂直の切り立った崖に囲まれたヨセミテ渓谷に出た。

巨大な岩山を見上げながら渓谷のなかを進み、道路の行き止まりにあるレストランで昼食をとる。その後、五人は来た道を少し戻って、途中で見つけたキャンプ場をのぞいてみることにした。それほど広くないこのキャンプ場には、家族連れというよりは登山者が多いらしく、小型の三角テントが並んでいた。テントの横に停めてあるクルマは、頂上付近で見かけた車種同様にステーションワゴンか小型のオフロード車が中心だったが、数台のミニバンも見ることができた。

渓谷を出てモーテルに向かった五人は、なんとか明るいうちにモーテルに辿り着けてホッとした。初日と違って、山の中で地図を頼りに無数にある小さなモーテルの中から目的の一軒を探すのは大変だったのだ。


次の朝、セントラル・ヨセミテ・ハイウェイを下って高速五号線、通称ウエスト・サイド・フリーウェイを目指した。

前日のタイオガ・ロードと異なり、山脈の西側のこの道にはクルマが多く、坂の勾配も緩やかに感じられた。

「昨日の坂道では、クルマもほとんど見なかったけれど、アメリカの人にとってあまり一般的ではないんですかね。ところで、ちょっとUターンして登坂してみていいですか」

そう断ると、麻野はミニバンを反転させて、来た道を戻りはじめた。そして、しばらく加減速を繰り返していたが、やがて、「この坂なら問題なく走れます」と納得したように言うと、もう一度Uターンして森の中を下りはじめた。

森が途切れるとやがて街並みが現れ、平坦になった道をさらに進むと五号線にぶつかった。高速五号線は西海岸の諸州を南北に貫く幹線道路で、カリフォルニア州では、サンフランシスコとロサンゼルス間の六百キロを結ぶ大動脈でもある。往路とは打って変わって、片側四車線の高速道路を走るクルマの流れは速く、五人を乗せたミニバンは快調に南下を続けた。

ロサンゼルスに近づくにつれて車線は大幅に増えたが、クルマの量に対して車線が足りないらしく、少しずつ渋滞が始まった。幅の広い道路を埋め尽くすクルマに囲まれ、分岐道路の近くではどの車線を走るかに気を使った。

「アップダウンもあるので、ある程度のエンジンパワーがないと車線変更が難しいですね」

麻野はここでもエンジンパワーの必要性を感じていた。

この千四百キロの走行体験は、織田たち五人の心に強い印象を残した。長距離移動による疲労が思ったほど大きくなかったのだ。それは、室内空間の広さや、クルマから降りずに席の移動が可能なこと、各席のリクライニングが可能なことなど、ミニバン特有の機能によるものだと全員が感じていた。

ビッグベア

シエラネバダの長距離走行から戻っても、織田たちは時間の許す限りミニバンに乗って実地体験を重ねた。

ロサンゼルス郊外にスキー場があると聞き、ビッグベア湖に向かったときのことである。ロサンゼルスから西に二時間ほど進み、灌木の砂漠の端に連なる山の一つの登坂路に入った。クルマの少ない坂道をハイスピードで上っていると、運転していた麻野が突然減速してクルマを道路わきの広場に停車した。

「オーバーヒートです」

どうやら水温計が振り切っているようだ。

エンジンフードを開けて、水温計の針が下がるのを待つことになった。

「排気量のわりにラジエターサイズが小さいので、どうなのかなと思っていたのですが。案の定、オーバーヒートしましたね。シエラネバダに比べて気温が高いうえに、曲がりくねった坂道で加減速を繰り返したのが原因でしょう」

麻野はこのクルマの冷却性能に不満そうだった。

「家族連れは坂道でスピードを出さない前提で設計されているのかな」

このミニバンがアメリカでのベストセラーカーであるだけに、麻野の不満も頷けると織田は思った。

水温が下がったのを確認して、再びスキー場を目指す。

彼らは、夏だというのに駐車場にたくさんクルマが停まっているのに驚いたが、リフト乗り場に行ってみて、すぐにその理由が分かった。マウンテンバイクでダウンヒルを楽しんでいるのだ。

まずリフトに人が乗り、その後ろのリフトから突き出た二本の棒に係員がマウンテンバイクを引っ掛ける。頂上に着くと、リフトから降りた人は一つ後ろのリフトに掛けてある自分のマウンテンバイクを降ろしてダウンヒルを楽しむというシステムのようだ。

「日本にもスキー場がたくさんあるので、こういうシステムが導入されるといいですね」

スポーツ好きの角谷は、マウンテンバイクでダウンヒルを楽しむ自分の姿を思い描きながら言った。

また、駐車場で観察すると、自転車は背の低いクルマなら屋根の上、背の高いクルマならテールゲートに取りつけたキャリアに乗せて運ぶことが分かった。

偶然ステーションワゴンのドア開口部に立って屋根の上に自転車を載せようとしている人がふらついたのを見ていた織田は、足元のステップがミニバンのように平らでないと作業がやりにくいことに気がついた。

帰　国

九月も終わりに近づき、アメリカにおけるミニバン実地体験調査も仕上げの時を迎えた。

織田たちは一か月に及ぶ調査の内容を整理しながら、アメリカの豊かな生活とミニバンの便利さについて飽きることなく語り合った。

「アメリカに転勤して、休日に家族とミニバンで旅行したいです。ミニバンを体験すると、セダンでの長距離移動は考えられません」

初めてシャーシー部門のリーダーに抜擢された二十代後半の今井誠は、そう口にするようになっていた。

あまりに真剣に同じことを繰り返すので、そのたびにみんなの笑いを誘った。もっとも、今井に限らず、織田たち五人全員が新しい乗り物であるミニバンに恋してしまっているようだった。

「とにかくなるべく早く、わが社らしいミニバンを投入してください」

チャールズは何度も織田にそう言った。

「ミニバンUS市場報告」をまとめ、アメリカ研究所とアメリカ支社の営業部門に正式に報告した織田たち五人は、新プロジェクトに向けた期待と緊張を胸にアメリカをあとにした。

II

挫　折

帰朝報告

織田が、季節感の薄いロサンゼルスから日本に着いたときには、ときおり吹き抜ける涼しい風が気持ちいい季節になっていた。

織田は、すぐにリーダーたちを集めて説明会を実施することにした。

日本を離れている間に部門リーダーの人数は二十人に増え、主要な分野のエキスパートは揃っていた。初対面のメンバーが多かったので、まず全員の自己紹介を済ませてから説明を始めた。

「アメリカでは、ミニバンは主として子供の送迎や、通勤、買い物など日常の足として乗用車と同じ使われ方をしています。一方で、乗車定員が多いことから、大人数移動車（people mover）として、また荷室の広さを活かした荷物運搬車（cargo carrier）としての側面も持っています。つまり、いざというときには大人数が乗れ、大きな荷物も積める乗用車ともいえます。乗車定員については二＋三＋三の八人と、室内を自由に移動するウォークスルースペースのために二列目を二人掛けにした二＋

二＋三の七人のタイプが選べるようになっています。荷物運搬時には二列目と三列目のシートは必要に応じて工具なしで外せるようになっており、外したシートはガレージ等に保管します。彼らが運びたいものはレジャー用品やガレージセールで買ったソファなどさまざまですが、日曜大工のための４×８の合板が最大の積載モジュールになりそうです。日本の合板よりひと回り大きい約一・二メートル×二・四メートルのこの板を床に平らに置けるようにするとなると、ボディサイズの自由度がほとんどありません。アメリカのミニバンがミニと言いながら、ほぼすべてのクルマが全長五メートル、全幅二メートルという大型になっているのは、このためだと考えられます。このサイズだと車重が二トン程度になるのは避けられず、交通の流れに乗って走行するには、六気筒三〇〇〇ccクラスの大型エンジンがどうしても必要となります」

ビデオと写真を交えながらの説明に、みんな興味深そうに真剣な面持ちで聞いていた。ひととおり調査内容の説明を終えると、織田は本題に入った。

「ミニバンはわれわれ日本人から見ると新鮮ですが、アメリカ市場で見ると、市場創出期を過ぎてそろそろ普及期に入る商品です。競合各社から販売されているミニバンも第二世代に入れ替わりつつあり、われわれがクルマを投入するころには市場の伸びが鈍化して激しい競争状態になっているかもしれません。そんな状況でもわが社のクルマをお客様に選んでいただくためには、萬田自動車らしい強い魅力づけが必須となります。次回は、このクルマでしか得られない価値をどう定めるのか、いわゆるコンセプトについて議論したいと思います。比較車として輸入してあるアメリカミニバンを各自で調べてよく理解したうえで、二週間後にまた集まって議論しましょう。何か質問はありますか。今井君、何か抜けていることはあったかな？」

急に指名された今井はドギマギしながら、

「ミニバンはいいですよー！　ミニバンを体験すると、セダンでの長距離移動は考えられません」

と答えたので、参加者のミニバンに対する興味がますます強まったようだった。

「お客様にとってどうか」を最終的な判断基準とするため、まず実地体験する。次に「お客様にどんな新しい価値を提供するか＝コンセプト」を定める――織田は、サーガの初代開発責任者だった石原のもとで体得したクルマづくりの手順に従って開発を進めようとしていた。

会議の翌日、織田は調査内容を簡潔にまとめて、忙しいスケジュールを空けてくれた鍋島センター長のもとに向かった。

「今はコンセプトづくりを進めているということだね」

説明を聞いた鍋島が言った。

「そうです。コンセプトが定まらないと、必要なハードが決められませんから」

「すまないが織田君、今回はコスト計算から始めてくれないか」

「えっ、コンセプトの前にですか。コンセプトによってコストも変化すると思いますが？」

驚く織田に、鍋島は落ち着いた口調で続けた。

「ミニバンはアメリカではもはや定番商品だから、コンセプトによる変化幅はそれほど大きくないだろう。それ以前にコスト・売価成立性が課題だと思うのだよ。君の言うように、ミニバンには大型エンジンが必須なわけだが、現時点でわが社の大型エンジンといえば、高級車サーガ用のものしかない。当然、そのエンジンを搭載するプラットフォームも同様だ。サーガは、わが社のラインナップの頂点に立つクルマだから、高い性能と軽量化のために新技術や高性能素材がふんだんに使われていて高価だ。だからといって、ミニバン専用の廉価なエンジンとプラットフォームをつくればいいかといえば、そんな単純な話じゃない。それにはミニバンの販売予定台数が少なすぎるし、時間もかかるからね。そのうえ、車体サイズを考えると、生産工場は専用に新設するしかないので償却費もかさむ。

こうしたコスト高要因を吸収して価格競争力のある売価設定ができるのか、まずそれをなるべく早く確認してくれないか」

異例の検討手順に驚いた織田だったが、たしかに一理あると納得できた。

「分かりました。工場新設とサーガのエンジン・プラットフォーム使用を前提とするコスト算出を優先させます」

「ところで、今、チームの部門リーダーは何人いるのかな」

「まだ二十人しか集まっていません」

鍋島は、織田が差し出した開発指示書の部門リーダーの欄をしばらく見てから言った。

「検討に必要な人材は一応そろっているようだね。厳しいことを言うようだが、その確認作業を二か月以内にまとめて私に報告してくれ」

コスト検討

帰朝報告の二週間後、予定どおりミニバン開発チームのメンバーが会議室に集まっていた。

床をコンクリートで固められた広い部屋には長机と椅子が並べられ、その傍らにアメリカメーカーのミニバンが搬入されていた。

「競合車の確認はできましたか」

織田が聞くと、全員が頷いた。

「ところで、織田さん。われわれのミニバンを、アメリカ向けだけじゃなくて日本にも導入しましょうよ。そうすれば、なにもアメリカに転勤しなくてもミニバンに乗れるんですよ」

賛同を求めるように出席者の顔を見回しながら、今井が熱っぽい口調で言った。

「おいおい、われわれのミニバンだって？　まだ影も形もないんだぞ」

織田が苦笑まじりにたしなめると、みんなで大笑いになった。

しかし、織田を含めチームメンバーのほとんどが子育て世代だったこともあって、みんなはミニバンに魅了され、自分と家族でミニバンに乗る姿を思い描きながら話しはじめた。

「家族で移動するとき、ミニバンだとケンカしにくいだろうなあ。いやあ、クルマに乗ると子供たちはいつもケンカなんですよ」

内装設計の松崎の実感がこもった言葉に、織田含めて多くが同意見だった。

「僕は、子供たちとキャンプに行きたいなあ。ミニバンならスペースもたっぷりだし。家族で行くとなると、結構な荷物になるんですよ」

ボディ設計の角谷良雄は、家族との楽しいレジャーシーンを思い浮かべていた。

「日本じゃ、アメリカサイズの〝ミニ〟は大きすぎるんじゃないかな」

麻野は通勤で通る狭い道を気にしていた。

話が大いに盛り上がってひと息ついたところで、織田が話しはじめた。

「じゃあ、そろそろ本題に入りましょうか」

思い思いに夢を描いていたみんなは我に返って、織田のほうを向いた。

「実は、今日はコンセプトの議論をする予定だったのですが、その前にやるべきことができてしまいました。申しわけない」

一転して不安そうな表情に変わったみんなの顔を見ながら、織田は説明を始めた。

「先日みなさんにもお話ししたアメリカでの市場調査内容を鍋島センター長に報告したところ、事業成立性に不安を持っておられて、コンセプト議論の前に、投資とコストの算出を優先させてほしいとの指示がありました。私もそれが妥当と判断したので、まずは投資とコストを試算して、二か月後に鍋島センター長への報告会を持ちたいと思います。

短期間にこの人数で作業を進めるために、いくつか前提条件を設定します。まず、コストはベースとなるクルマの補正で算出する。つまり、一から図面を描いてコスト算出するのではなく、量販中型車ブレシアの部品を可能な限り流用し、サイズ・車重・

形体に合わせて補正する。とはいっても、現状の大型エンジン搭載車は市場投入されたばかりの高級車サーガ用のものしかないので、エンジン・プラットフォームにまつわる部品はサーガをベースとする。また、クルマのサイズから当然のことですが、生産拠点は新工場とする」

織田が夏まで担当していた高級車サーガは予定どおり市場に投入されていたが、販売は順調とはいえない状況だった。生産量が少ないサーガの部品を使うより、萬田自動車の販売台数の四分の一を占める量販中型車ブレシアの部品を流用するほうが、コスト面では圧倒的に有利なのだ。

「必要に応じて、サーガで使われている高級材を廉価材へ置換することなども検討に加えましょう。新工場については、埼玉工場の生産技術部門が担当してくれることになっています」

織田の予想どおり、時間と要員が足りないという不満の声が多く出た。

「まず、粗いデッサンをして、それからディテールに入りましょう。あとで確認しやすいように、それぞれの検討で仮定したことを明確にしておいてください」

「乗車定員は何名にしますか」

松崎が聞いた。

「最終的には七人乗りと八人乗りを両方準備することになると思いますが、今回の検討では市場で販売比率の高い八人乗りを前提としましょう。問題があったらそのつど、みんなで議論して進めることにします。クルマや部品を持ち込めるこの部屋は二か月間専用で使わせてもらえることになっているので、作業はここを拠点に進めてください」

こうして検討の段取りを整えると、織田は日を置かずに、内装の松崎と、ボディの角谷、そしてシャーシーの今井を伴って埼玉工場を訪問し、新工場にまつわる投資とコストの検討を依頼した。

二十人の技術者はアメリカミニバンの部品やテスト結果などを確認しながら、何度も何度も意見を闘わせて投資とコストを見積もっていった。

別案

「このままだと売価は二万五千ドルから三万ドルか……」

織田は思わずため息を漏らした。急ピッチでコスト検討にかかってから、あっという間に一か月余りが過ぎて、秋が深まり十月も中旬になろうとしていた。

織田たちが条件を見直して何度計算しても、売価は競合車より三割から五割高くなった。高級車用のエンジンとプラットフォームのコストに加えて、工場新設の投資が重くのしかかっていたのだ。

「これ以上検討を進めても打開策は見出せそうにないですね……」

松崎がポロッとこぼした。

会議室で作業していたメンバーはみな、その言葉に同意せざるを得ない状況に肩を落とし、重苦しい空気が会議室を包んでいた。

「これならどうだろう」

織田はおもむろに図面を取り出して、みんなに見せた。

「この別案のコスト計算をしてみたいんだ。みんなも、ダメ証明だけで仕事を終わらせたくないだろう？」

それは、ブレシアのステーションワゴンの全高を少し高めて無理やり三列目のシートを押し込んだような簡素な図面だった。

「オーッ」

部屋のあちこちから歓声が上がった。

「ブレシアをベースにしてミニバンをつくれば、コストも大幅に下がって競合社より安くなると思います。やってみましょう！」

明るい声で松崎が言う。

「これなら日本でも売れそうですね。転勤しなくてもミニバンに乗れます‼」

今井は無邪気に喜んでいる。

「このクルマはカヌーにぴったりです。ワンボックスでは屋根が高すぎてカヌーが積めないんですよ。かといってセダンでは、荷物があまり積めないし」

エクステリア担当の三浦静男が、図面の上にトレーシングペーパーを重ねてカヌーを描いてみせた。三浦は休みのたびに渓流に出かけていた。

「山に行くと、渓流釣りの人も多いのですが、道が狭いところが多くて、大型のオフロード車は苦戦しています。アメリカのミニバンサイズではまず無理ですが、これならなんとかなるんじゃないかな」

「そういえば、三浦さん、会社のプールで死にそうになったんですよね」

角谷が悪戯っぽく冷やかした。

「エーッ、どういうことですか。激流でもないのに」

若い今井が興味津々といった様子で三浦の顔を覗き込む。

「いや、実は、カヌーは流れの激しいところで転覆することがあるんですよ。でも、万が一、逆さになっても、席の前の金具を外して脱出できるんですが、ベテランは川底をオールで突いて起き上がるんです。その練習をしようと、誰もいないときを見計らって会社のプールにカヌーを持ち込み、わざと逆さになってみたわけです。そうしたら、プールの底がつるつるでオールが滑って滑って、いくら突いても起き上がれない」

カヌーの底を上に向けて、誰もいないプールの水中であがいている三浦の様子を思い浮かべたみんなは腹を抱えて笑った。

「笑いごとじゃないですよ！　本当に死にそうだったんですから」

「そういえば、スキーを運ぶのにも便利ですね」

「ハンググライダーにもいいですよ」

「ウインドサーフィンにもいいと思います」

三浦の話をきっかけに、各自が自分の知っているレジャーシーンで、このクルマが便利そうだという話になり、大いに盛り上がった。

「シートが三列あって全高が低いミニバンは、新しい魅力的なパッケージかもしれませんね」

麻野の目は好奇心に満ちて輝いていた。

「バイクが積めないという欠点もありますが、僕もすぐに乗り換えます」

他社のワンボックスに乗っていて肩身の狭い思いをしていた角谷の言葉には真実味があった。

「ところで、このクルマなら既存工場で生産できるのですか」

角谷が素朴な疑問を織田にぶつけた。

「埼玉工場ならブレシアを生産しているから、可能性はあると思うが、はっきりとは分からない。今は、新工場投資なしのコスト計算をするために、生産できると仮定して検討を進めてみよう。もしこの別案に話が進むようなら、工場側の協力を得て、なんとか生産できる道を探りたいと思う」

「それはそれで、大変な作業になりそうですね。でもこんなクルマができたらぜひ買いたいから、みんなで頑張りましょう」

麻野の言葉に一同大きく頷いた。

議論が盛り上がり小型ミニバンに寄せるメンバーたちの期待が予想以上に膨らんでいくのを見て、織田は内心、驚いていた。

「まだコスト計算の別案としての仮定の話だよ。みんなも気がついていると思うが、このクルマは、既存のアメリカミニバンが満たしている性能の一つを明らかに満たしていない。それは4×8の積載だ。4×8を諦めれば、車体サイズもエンジンも小型化できる。4×8が積めるがコストは高い本命案と、コストの安いこの案の、中間のどこかに解があるかもしれないという提案だよ。なにしろ、アメリカ支社がこのサイズのクルマに興味を持ってくれるかどうかもまだ分からないし、国内営業がこういうクルマを欲しがっているというわけでもないんだから」

この会議から約三週間、約束の期限ぎりぎりでようやく詳細なコスト計算を終え、織田はチームの仲間と共に鍋島への報告会に臨んでいた。

「何度も確認してみましたが、アメリカのミニバンサイズでは、どうやってみても競争力のある売価にはなりそうにありません。そこで小型化した別案も考えてみました。ただ、この別案では、売価は下がるもののサイズが小さいので、アメリカミニバンと比べると商品競争力が落ちます。この二案の間に妥協点があるかどうか検討してみようと思うのですが、いかがでしょうか」

説明を終えた織田は、神妙に鍋島の言葉を待っていた。

「分かった。やはり売価不成立だな」

驚いたことに、鍋島はその内容に不満はないようだった。

四か月前の天城支社長と鍋島の会話には続きがあった。

「知ってのとおり、アメリカ市場では、ミニバン販売が好調で、もはや無視できない存在になっている」

「はい、存じています」

「問題なのは、ミニバンがセダン市場を侵食しながら増加し続けていることだ。その状況を日常的に目にしているアメリカの社員や販売店から、わが社のミニバン投入を待望する声が日増しに強まってきているんだ」

「その件なら、普及型の大排気量エンジンが完成してからでないと事業成立が難しいと、かねてから申し上げているかと思います。それに、今は日本の景気落ち込みへの対応を急ぎたいのですが」

前年の八九年末に日経平均株価が三万八千九百十五円のピーク値を記録し、いつ四万円を超えるかと楽観的な期待感が蔓延していたのが嘘のように、九〇年初頭から株の大暴落が起こっていた。世にいうバブル崩壊である。株価に連動するように、それまで堅調に拡大を続けていた国内自動車市場は急速に冷え込んでいた。

いつもはおとなしい鍋島の強硬な反応に天城は驚いた。

「そうはいっても、なにもしないで廉価エンジンができるまで何年も待てとはいえない事情も分かるだろう？　とにかく、アメリカ研究所で検討を進めてくれているから、日本の開発センターでもそれなりの動きをしてもらえないかな」

「そうですか……。分かりました」

鍋島は天城の提案にかなり不満だった。現状ではミニバンに必須の大型エンジンは高級車サーガのものしかない。サーガをベースとした開発では、コストの点から見て成立しない可能性がかなり高かった。だが、やってみもしないで諦めることをしないのがこの会社の社風だ。

鍋島が悩んだ末に織田を開発責任者に選んだのも、彼がベースとなる高級車サーガをよく理解していると思ったからである。また、このプロジェクトが途中で中止になったとしても、キャリアに大きく傷がつかない若手であることも理由の一つだった。

「私も同席するので、なるべく早くこの内容で天城さんへの報告会を実施してほしい。ついては、せっかく検討してもらったが、ブレシアをベースとした別案については話が複雑になるので説明不要だ」

別案に対する鍋島の意見を聞いて、チームの面々はがっかりした。売価収益の観点でアメリカミニバンが仮に没になったとしても、小型ミニバンの検討は続けたかった。みんなの頭にはすでに、家族でミニバンに乗る姿がしっかりと浮かんでしまっていたのだ。

しかし、チームが受けた開発指示はアメリカ向けミニバンであり、日本でも売れるような小型ミニバンの姿は、ミニバンを検討し尽くした彼らの頭の中にしか存在しない概念だった。鍋島にはその姿が見えず、それが単にコスト算出上の別案としか思えなかった。織田たちも、この会議が小型ミニバンについて議論する場でないことを理解していた。

「分かりました。天城さんと鍋島さんのスケジュールを至急確認して、なるべく早く会議を設定します」

「私のスケジュールについての多少の変更は相談に乗るよ。アメリカのスタッフにも参加してもらう必要があると思うから、会議の場所はアメリカ支社にしてくれ」

鍋島は年内に決着をつけたいと考えていた。なるべく早くこの件に区切りをつけて、国内販売不振への対応に集中したかったのだ。

織田たちは天城と鍋島のスケジュールを無理やり空けてもらって、二週間後の十二月上旬にアメリカでの報告会を設定した。


アメリカに向けて出発の日、飛行機の搭乗時間までに余裕があったので、織田は空港内の書店に向かった。

雑誌が並んだ棚に目をやると、ふとある雑誌が目に留まった。見かけない雑誌だな……織田が手に取ったのはRVブームに便乗した新刊誌だった。

このところ、セダンに代えて、商用車であるオフロード車やワンボックスなどを利用する人たちが徐々に増えはじめ、巷では「RV（レクレーショナル・ビークル）ブーム」と呼ばれていた。

ぱらぱらとページをめくっていくうち、目に飛び込んできた写真に織田の目は釘づけになった。

「エッ！　うちのクルマが一台もない！」

思わず大声を出しそうになり、慌ててあたりを見回した。

それは、スキー場の高級リゾートホテルの駐車場の写真だった。写っていたのはオフロード車やワンボックスばかりで、ＲＶを持たない萬田自動車のクルマは一台も写っていなかったのだ。

織田自身、以前はよく子供を連れて近くのスキー場に出かけたものだ。ただ、管理職になってからは忙しくて、そんな時間が取れていなかった。

いつの間に、こんなになってしまったんだ……ＲＶしか写らないアングルで撮ったにしても……。

織田はその雑誌を買って鞄に押し込んだ。

ロールスロイス

冬の初めとはいっても、カリフォルニアの気候は爽やかだ。緑に囲まれたアメリカ支社の広い敷地の中央にあるコンファレンス・ルームには、二十人ほどが集まっていた。

織田は、検討の結果を丁寧に説明した。

「ミニバンのロールスロイスか……」

天城は、織田の説明を聞いて思わずそうつぶやくと、コンファレンスセンターのタイル張りの中庭にぽつんと停められた、競合メーカーのミニバンを恨めしそうに見つめた。

コンファレンス・ルームはシーンと静まり返っていた。そのなかで、天城は並んで座っている鍋島のほうへわずかに身を寄せ、なにやら小声で話し込んでいる。織田は、鍋島が別案の説明を求めるのではないかと期待して二人の様子をじっと見守っていた。

やがて、天城が沈黙を破った。

「この価格を前提とした販売手法を検討してくれないか」

なにしろ、とても競争力があるとは思えない価格である。会議に参加していたアメリカ支社の営業のメンバーは一様に、天城のこの言葉に驚きを隠せないでいた。

「アメリカ市場をよく調べて短期間で検討してくれてありがとう」

天城が残念そうに織田に言った。

織田は思わず、「別案があるんです……」と言い出しそうになったが、「話が複雑になる」との鍋島の言葉を思いだして、「こんな報告になり、申しわけありません」としか言えなかった。

すまない……織田の目にはチームのみんなの顔が浮かんでいた。

会議が終わると、天城と鍋島はなにかしきりに話しながら出ていってしまい、織田は鍋島と話す機会を失った。


いよいよ、開発中止かな……織田は覚悟を決めて帰りの飛行機に乗り込み、ぼんやり窓の外を眺めていた。

「なんだ、隣同士か」

振り返ると、フライト・アテンダントに案内された鍋島が立っていた。

「あ、どうも……」

織田は驚いて立ち上がった。

食事が終わり、鍋島が落ち着くのを見計らって、織田は仕事の話を切りだした。

「あの、今後はどのように進めればよろしいでしょうか」

「アメリカ支社がどう結論を出すかだが、最終的には事業部での最終決定を待つしかないな」

各部門の商品提案を事業観点で整理して可否を下すのが事業部の役割である。

織田はとっさに、日本を発つときに空港で買って鞄の奥にしまい込んでいたRV誌を取り出した。

「見てください。うちのクルマは一台もありません」

鍋島は織田の示した写真を食い入るように見つめている。

「コスト検討の別案で提示した、小型ミニバンを検討させてもらえませんか。チームのみんなも検討したがっているんです」

織田は、パッケージ図面とコスト、性能予測を説明した。

「うーん」

鍋島は、返答に窮した。

国内販売不振への対応をどのように進めるのか、まだ十分に検討が進んでおらず、今の時点では開発資源に余力があるかどうかも分からない。

「もう少し待ってくれ」

そうとだけ言うと、シートを倒して目を閉じた。

それから二週間後の年の瀬も押し迫った夕方、織田は事業部長の石原裕一からの電話を受けた。サーガをはじめ開発責任者を何度も経験した石原は、実績を買われて事業部長になっていた。

「織田君に検討してもらっていたミニバンだが、本日の会議で正式に中止と決定したよ」

III

理　想

非公式プロジェクト

本社ビルの会議室で、織田翔太が事業部長の石原裕一と話を始めてからすでに一時間近くが過ぎていた。

「とにかく、正式に中止になったのだから、すぐに作業を中止してチームを解散してくれ」

普段はめったに感情を表に出さない石原が、珍しくいら立っていた。

先行検討段階の開発プロジェクトが中止になるのは珍しいことではないので、石原は事務的に電話で中止を知らせた。ところが、電話を受けた織田が栃木県にある開発センターから、本社の石原のもとに飛んで来て、執拗に食い下がっていたのだ。

「アメリカ向けミニバンが、新工場の投資負担などによる事業成立性の観点から検討中止になったのは理解できます。しかし、先ほどから説明させていただいている小型ミニバンのほうは、今後も検討を続けるべきです」

織田は同じ主張を繰り返して一歩も引かない。

「だから、その案は企画部門にトスして、チームは解散してくれと言ってるんじゃないか」

「企画案を公募しているときならまだしも、門外漢の私が企画部門にトスしても、握りつぶされるに決まっています。それにチームを解散したら、メンバーは散り散りになって二度と一緒に検討できなくなってしまう。たしかに今市場で売れているクルマの大半はセダンですが、RVブームに見られるように、時代は変わりつつあると思います。私たちは、旧来のセダンヒエラルキーを離れて、家族が楽しく移動できるクルマが必要だと確信しているんです」

小型ミニバンにかけるチームのみんなの思いをなんとか伝えたい――織田は必死だった。

「君の言うRVは、ブームと騒がれてはいるが日本ではまだたいした数が売れているわけじゃない。それに、オフロード車にしてもワンボックスにしても、商用車として元からあったクルマだよ。第一、どれもトラックベース（セダンはモノコック、トラックはウイズフレームで車体構造が全く異なる）じゃないか。われわれはセダンメーカーで、トラックをつくる気はない。そんなことは社内の常識で、君も分かっているはずだが」

「セダンベースでもRVはつくれると思います。いや、むしろそのほうがお客様にとっていいはずです」

「そんなもの、失敗例はあっても、成功例はないぞ」

たしかに、織田の言うようなクルマはすでに市場に存在していたが、どれも中途半端で売れていなかった。また、RVブームとはいってもまだ市場は小さく、商用車を持たない萬田自動車にとっては手を出しにくいジャンルである。このため、あくまでもセダンで戦うべきという声が社内の主流を占めていた。

「萬田自動車ほどの規模なら、どの会社もワンボックスを持っています。利益の薄い商用車であるワンボックスにデカールやサンルーフでお化粧すれば、RVとして高価格で売れるのに、どこもあえてその市場を脅かすような商品はつくりません。だから、他社のミニバン形式のクルマはみんな中途半端なんです。日本向けの本格的なミニバンがつくれるのは、ワンボックスを持たない萬田自動車だけなんですよ」

話は堂々巡りでいっこうに進展しない。

これまで数々の革新的な商品を生み出してきた石原なら最大の理解者、応援者になってくれるはず、そう信じ、当てにもしていた織田だったが、予想外の石原の頑ななな態度に落胆した。

「分かりました。新工場を前提としたアメリカ向けミニバンの検討は、ご命令どおり中止いたします。ですが、既存工場で生産可能な日本向けミニバンについては、私たちチームでどこまで進められるかやってみます」

これ以上話しても無駄だ……織田は唇をかみしめて席を立った。

石原は、織田が出ていった会議室のドアをしばらくじっと見つめていた。

「若いな。あとで苦労しなければいいが……」

彼の脳裏には苦い記憶がよみがえっていた。

かつて石原も、既定のプランにはない新しいクルマを独自に提案し、紆余曲折を経て市場に投入させたことがあった。それはとても斬新なクルマで、コマーシャルを含めて大好評となり、企業イメージの向上と販売増に大きく貢献した。

しかし、企業組織にお膳立てされた商品ではなかったことで、社内に隠れた敵を生むこととなった。そして、そのなかに権力を持つ者が出はじめると、石原が仕事を進めるうえでの大きな障害となっていったのだった。

また、石原は、織田が今後もチームで独自に検討を進めるのはかなり難しかろうと懸念した。正式に中止となったアメリカミニバンの開発責任者である織田が、会社から預かったチームメンバーを勝手にほかの開発プロジェクトに転用するなど、常識では到底考えられないからである。織田の言う「私たちチーム」は存在し得ないのだ。

クリスマスが近いこともあって東京の街は華やかに飾りつけられ、いつも以上に賑わっていた。喧騒の中を織田は悲壮感を漂わせながら新幹線のホームにたどり着き、列車の席に深々と座ると、腕を組んで考え始めた。どうして石原さんは分かってくれないんだ……RVブームは萬田自動車にとって、チャンスでもあるが、何も手を打たないでいると危機につながる。それに、こんな納得できない話をチームのみんなに伝えられるわけもない。とにかく鍋島さんに相談するしかないな……。

本社から開発センターに戻った織田は、思いつめた表情でセンター長の鍋島義男のもとに向かった。

織田から本社でのやり取りを聞いた鍋島は、少し考えて織田を気遣うように言った。

「石原さんは開発工数の逼迫を心配してそう言ってくれているのだと思う。開発工数は私の管轄だから、新規開発プロジェクトが具体的になるまでは、今の検討を続けることを黙認しよう」

「あ、ありがとうございます！」

鍋島には、アメリカミニバンを中止しても開発工数がまったく足りない状態であることは分かっていた。しかし、正式に開発中止となったミニバンに新たな可能性を見出し、なんとか工夫して開発を続けようとする織田の気持ちをむげに摘み取りたくなかった。

それに鍋島は、アメリカからの帰りの飛行機の中で聞いたこの案が、国内の販売不振を巻き返す糸口につながればよいと思うようになっていた。萬田自動車の販売落ち込みが、他社に比べて顕著になりはじめていたのだ。

「ただし、あくまでも非公式の検討だから、今のメンバーだけで目立たないように進めてくれよ」

「開発センター内にも非公式ですか」

「そうだ。チームの存続を黙認するが、公表はしないということだ。どうだ、それでもやってみるか？」

織田の眼を見つめながらすまなそうに言った。

鍋島は、このプロジェクトを公式に進めるという開発センター内のコンセンサスを得るのは無理だと感じたので、あくまでも黙認の範囲に留めておくつもりだった。公式にすると、各部門はいずれ今以上の工数を織田たちのチームにあてがわなくてはならず、工数が足りないという大合唱が始まるに決まっている。彼の立場ならそれを承知で無理強いできなくもないが、萬田自動車には、上意下達で有無を言わさず仕事を進める風土はなかったし、鍋島もまた、それを好まなかった。

「……分かりました。やってみます」

織田はどう答えていいかわからず、思案顔を浮かべながらとっさにそう答えたが、公式に開発を進められることをひそかに期待していただけに、思いもしなかった「非公式」という鍋島の言葉の重さを考えて身震いした。

これからは、萬田自動車という巨大な組織を相手に、小型ミニバンを作りたいという思いだけで仕事を進めなければならない。正式なプロジェクトが持つ「開発指示」というお墨付きは織田の手にないのだ。萬田自動車の一部門でしかない開発センターのトップが業務推進を黙認しているという事実のみにより二十人のチームは維持されるが、それも、次のプロジェクトが動きだす前に、生産と販売の目途をつけられなければ、即刻帳消しとなるのは明白だった。

織田はさっそくチームのみんなを集めて、ミニバンの企画が正式に中止になったこと、ただし、センター長の鍋島が非公式にではあるが別案の小型ミニバンの継続検討を認めてくれ、しばらくはチームの存続を黙認してくれることになった旨を伝えた。

「よかったー」

「やりましたねー、織田さん」

解散を恐れていたチームの面々は、安堵と喜びに包まれた。

「これで別案、いや本命は中止だから今では別案が本命かな……。いずれにしても僕たちの小型ミニバンの検討が進められますね」

若い今井の無邪気な発言に苦笑しながらも、織田の心には「非公式」という言葉が重くのしかかっていた。

決意

ピリッとする冷たい空気だが、冬ならではの澄みきった青空が広がる年の瀬。

不安と希望の入り混じった気持ちで冬休みを迎えた織田は、例年のように家族と共に郷里の兵庫県に向かっていた。高速道路を乗り継いで片道八五〇キロを走りきるには、渋滞時期だけに二十時間近くかかる長旅だ。織田は盆と暮れの年に二回、毎年この大移動を繰り返していた。

家族の遠出には新幹線のほうが楽なのだが、郷里に着いてからのことを考えるとクルマはやむを得ない選択だった。公共交通機関が十分に発達していない地方での移動は、どうしてもクルマに頼らざるを得ない。父親の所有するセダンだけでは、両親と織田たち家族を合わせた六人は乗れないのだ。

初めは遠足気分ではしゃいでいた子供たちは、いつしか眠り込んでいた。しばらく平和な時間が過ぎたかと思ったのも束の間、渋滞が始まった。兵庫県までには何箇所も慢性的な渋滞箇所がある。ひとたび事故でも起こると、ほとんど停車した状態が長く続くことも多い。

「あとどれぐらいかかるの」

息子が目を覚ましたようだ。

「まだまだ、いっぱいかかるよ」

「あーあ」

まだ小学生の長男にとって、狭いセダンの車内に長時間閉じ込められるのは苦痛に違いない。

「もう、お兄ちゃんったら！」

長女が不満げに声を上げた。

最初のうちは自分の席に座ったまま寝ていた長女はいつの間にかシートに横になり、そのうち、とうとう後部シートを占拠してしまっていた。それで、煽りを食って窮屈になった長男との場所取り合戦が始まったようだ。

いつもの喧嘩が始まったな……織田は渋滞のたびに繰り返されるこの騒動にうんざりしていた。

シートが独立していてリクライニングできる新幹線なら、こんなことにならないのだが……あれなら大丈夫なのかな？　織田は隣車線を走るワンボックスに目をやった。後ろ側の窓にはカーテンがつけられていて、後席の様子を覗き見ることはできないが、母親も後席にいるらしく、ジャージ姿の父親と思しき男がつまらなそうにポツンと一人で運転している。ワンボックスでは、一列目と二列目の間にエンジンの出っ張りがあり自由に移動できないから、たとえ子供が寝入っていても母親が助手席に来ることはない。

楽しいはずの家族旅行も、車中で子供の喧嘩に悩む親は多いに違いない。それでもセダンが主流なのは、自分のようにワンボックスに抵抗がある人が多いからだ。やっぱりミニバンをつくらないと。一人ひとりの席が独立していて子供が喧嘩にならないクルマ。子供がぐずったら母親が子供の席に移動して面倒を見ることができるクルマ。おじいちゃんおばあちゃんと家族が一緒に移動できるクルマ。セダン同様のスポーティな運転感覚を持つクルマ。みんながそういうクルマを待ち望んでいるに違いない。アメリカ人に「ミニバン」があるように、日本人には「日本ミニバン」が必要だ。それはそうだが……織田の心の中でもう一方の考えが頭をもたげ始めた。

果たして開発センター内の協力は得られるのか。さらには、巨大な萬田自動車のさまざまな部門の人たちが、その中の一部門でしかない開発センターの非公式のプロジェクトに協力してくれるのだろうか……考えがぐるぐる回りはじめたとき、織田はふとある出来事を思いだしていた。

それはいま向かっている郷里でのことだ。織田がまだ小学生だったころ、新しくできた友達が飛行機のプラモデルを見せてくれるというので、普段は行くことのない町の反対側にある彼の家に向かっていた。表通りの一本裏側には大きな商家の裏玄関が整然と並んでいて、見慣れない風景に迷子にならないようにと気をつけながら歩いていると、道の先に人だかりが見える。なんだろう……織田は急いで駆け寄ると、小さい体を活かして最前列に出た。

一軒の大きな商家の普段は開けることのない大戸が開かれ、幅広の頑丈そうな木材が土間から道路に向けて二本架けられている。

中から何か出てくるみたいだ。織田は背伸びして覗き込んだが、緩やかな傾斜地のため土間の位置が高く中が見えない。集まった大人たちの視線はすべて土間の中に集められている。

「ギュルルブーン」と音がして土間の奥から白い塊が動きだし、材木の橋の上をそろりそろりと降りてきた。

今までに見たこともない形のクルマだ！　織田はその神々しい姿を、瞬きもせず食い入るように見つめた。

やがて地面に降り立った白い妖精は静かに人込みをかき分けると、「クォーン」と甲高い排気音とともに走り去った。人々が散り散りに立ち去っていく中で、織田はその後ろ姿が完全に見えなくなるまでじーっと見つめていた。

乗り物といえば、両親の自転車、祖父母の家に行くときのボンネットバス、お医者さんのスクーターか軽自動車、荷物運搬のオート三輪やトラックなどが織田の普段目にするものだった。

得体の知れない美しいものの存在は、織田の脳裏に鮮烈な印象を残した。

それがスポーツカーというものらしいことはあとで父親に聞いて分かったが、萬田自動車が自動車会社としての存亡をかけて世に問うた乾坤一擲《けんこんいってき》の新型車だと知ったのは、ずっとあとのことだった。この出来事が、織田の心にクルマと萬田自動車への強い思慕の念を抱かせ続けたのだ。

設備も体制も十分整っていないあの時代に、あんなに凄いクルマを作った大先輩たちは、今とは比べものにならないほど大変だったに違いない……たとえ非公式でも、僕には共に歩んでくれる素晴らしい仲間たちがいる。みんなと力を合わせて日本の家族のための『日本ミニバン』を実現させるんだ！

「よーし。頑張るぞー！」

心の中にふつふつと闘志が湧き上がり、織田は思わず大声で叫んだ。

「どうしたの。大丈夫？」

助手席でうたた寝していた妻が、驚いて目を覚ました。

「ごめんごめん。ちょっと考え事をしてたんだ」

「あんまりスピードを出さないで、安全運転でね」

「大丈夫だよ。ゆっくり休んでて」

埼玉工場

正月休みを終えた織田は、何人かの開発メンバーを伴って埼玉工場に生産技術課長の大澤紘一を訪ねた。

冷たい風が吹く中を、工場の外側に設置された長い階段を上って、最上階にある鉄骨剝きだしの飾り気のない会議室に着くと、大澤が数人の生産技術者と待っていた。

織田は挨拶も早々に、さっそく本題に入った。

「アメリカミニバンの新工場検討では、大変お世話になり、ありがとうございました。われわれの力不足で残念ながら中止になってしまって申しわけありません。今日はお願いがあって参りました。実は、われわれはブレシアをベースとしたコンパクトなミニバンの可能性について、非公式に検討を続けています。この新しいクルマの生産性検討に力を貸していただけないでしょうか」

「新しい工場のことかい」

大澤が聞いた。

「新工場ではありません。この埼玉工場で生産するとしてです」

「そりゃあ無理でしょう」

即座にそう答えた大澤は渋い顔をしている。だがここで引き下がるわけにはいかない。

「無理は承知です。この工場でどのくらいのサイズまでつくれるか限界を見極め、投資が大きく変化するギリギリ手前までサイズアップして、あとはクルマのほうの工夫で居住性を確保するんです」

「クルマを工場に合わせるってことなの？」

「そうです」

「面白そうだね。資料を置いていってくれれば検討してみてもいいよ」

好奇心旺盛な大澤はすぐに同意してくれた。

織田はそれまでに検討しておいた、簡単なパッケージ図面とレイアウト図を使ってひととおり説明を終えると、資料を大澤に手渡した。

三週間後、大澤から相談したいという連絡がきた。

真冬の曇天の下、すぐに工場に赴いた織田たちに、大澤は申しわけなさそうな顔をして話を始めた。

「新たな投資をいっさいかけないとなると、現在生産している高級車サーガの全長・全幅・全高が限度なんだよ。時代と共にクルマが大型化するのに合わせて少しずつ見直してきたから、そうとしか言えないんだ」

「それはそうでしょうね」

「それ以上となるといくつも課題があって、何センチで投資がいくらというふうに簡単に言うことはできないんだ。それで、新工場を提案したほうがいいというのがわれわれの結論だよ」

「課題は分かっているのですね」

「主要なものは分かっているよ」

「それでは、課題の箇所を順番に検証してみましょう」

織田は、なんとしても既存工場で生産できる姿を見出す覚悟だった。それができないことは、検討中止・チーム解散を意味していたからだ。

一行はすぐに生産ラインに向かった。

最初の場所では、ラインのすぐ上を梁が横切っていた。

「ここではあの梁がクルマの高さを決めている」

大澤が資料を見ながら指さした。

「梁を上方に移動させることはできそうですね」

「建物の強度を考慮しながら検討することはできるよ」

「それにかかる費用を算出してください」

次の場所では、プレスした外板パネルがいくつも吊してあった。

「預かった図面で見る限り、ここではパネルが床につかえて吊せないんだ」

「たしかにこの場所では、上も下もギリギリのようですね。ほかに場所はないのですか」

「次の工程を考えると、このあたりにせざるを得ないんだよ」

「分かりました。吊し位置のパネル形状をクルマサイドで工夫してみます。ここについてはいったん投資ゼロで計上しておいてください」

一箇所ずつ丁寧に確認しながら、工場とクルマのどちらで課題を検討するかを決めていった。

大澤の資料に記載されたすべての場所を、二日がかりで確認した織田たちは、再び殺風景な会議室に戻った。

「長時間にわたって付き合っていただき、ありがとうございました。おかげで状況がだいぶクリアになったように思います。で、クルマサイドでの検討は私たちのほうで進めておきますので、工場側で対応していただく項目について、投資の算出をしていただけませんか。おそらく何度も調整会を持たないと、ミニマム投資とマキシマムサイズのバランス点は見つからないと思いますので、これからもよろしくお願いします」

織田は、非公式な仕事に協力してくれる大澤たちに感謝した。

「大丈夫でしょうか」

帰りの車中でボディ設計の角谷が心配そうに言った。

「たしかに、まだまだ見えない課題はたくさんありそうだね」

「そうですよね。僕はすごく不安です」

角谷は、埼玉工場で生産できなければ未来がないという現実に押しつぶされそうになっていた。

「そんなに心配しなくても大丈夫だよ。僕たちが諦めなければ必ずできる。強く思ったことは実現できるんだよ。僕たちは、日本の家族のために『日本ミニバン』をつくるんだ」

「『日本ミニバン』！　そうですね。『日本ミニバン』をつくり上げるために、粘り強くやってみます」

　確信に満ちた織田の言葉を聞いて、角谷の心にはなんとかしなければという使命感が湧いてきた。

副　業

　設計部長の伊達芳彰は頭を悩ませていた。開発現場からは、正式に中止になっている織田のクルマの検討継続を黙認しているのはなぜか、と激しい突き上げがある。一方で、上司の鍋島は中止に難色を示していた。

「最小限の検討人数でいいから、国内立て直し案が定まるまでは、なんとか非公式のまま続けさせてやってくれ」

　それが、命令とも懇願とも取れる鍋島の意見だった。

　なにか方策を考えなくては……。伊達は思案を重ねた末に織田を呼んだ。

「今開発を進めている新型ブレシアの別案を検討してくれないか」

「どういう意味ですか」

設計部長から突然の呼び出しを受けたとき、織田の頭には「検討中止」の四文字が浮かんでいた。鍋島のもとで実際に開発の資源を運用しているのは伊達である。

「知ってのとおり、我が社の車種群の中核をなすブレシアに失敗は許されない。今進めている低全高のスポーティ路線に対して、もう少し全高を高めて室内空間を広くしたコンフォート路線にしたら、性能やコスト、重量がどのように変化するか検討してもらいたいんだ」

「今私が進めているクルマはどうするのですか」

「今回はそのことで呼んだんじゃないんだ。君のチームにブレシアの別案検討をお願いしているんだよ」

チームを存続させる交換条件か。しかし、「日本ミニバン」の検討を否定しているわけではない。伊達さんなりの助け船ということか。チームのみんなにまた苦労をかけるけど、チームが存続してさえいれば、なんとか活路が開けるかもしれない……。

そう考えた織田は伊達の眼をしっかりと見て答えた。

「分かりました。検討します」

織田たちのチームは、設計部長の指示に従ってブレシアの別案の検討に取り組む一方で、「日本ミニバン」の検討も細々と続けることになった。

商品検討会

冷たい冬が過ぎ、梅のつぼみがほころび始めたころ、織田はセンター長の鍋島から呼び出しを受けた。

「商品検討会に提示してみないか」

「商品検討会にですか？」

織田は驚きを隠せない。

商品検討会とは、全役員が参加して商品戦略について議論し、開発中の商品と企画段階の商品について、モデルや資料で確認を行う場である。織田は、年に一度開かれるその商品検討会の存在は知っていたが、まだ出席したことはなかった。

「君の開発プロジェクトは非公式だから、営業の役員は存在自体を知らない。もし気に入ってもらえれば、販売の意思表示につながるかもしれないぞ」

「提示するといっても、エクステリアは四分の一の粘土モデル、インテリアは発泡スチロールと木材とボール紙で作った居住空間確認用のモデルしかありません。あとは図面と生産性検討資料くらいです」

「それしかないなら仕方ない。商品の特徴や、レイアウト図、売価イメージを簡潔にまとめた資料を準備して、検討会に提示してみてくれ」

鍋島は、商品を軌道に乗せるためにどうしても必要な営業の販売意向を得る糸口を、織田の力だけではつかめないのではないかと心配していたのである。


織田は、商品検討会へ提示することになったことをチームのメンバーに告げた。

「それで、具体的には何をすればいいんですか」

今井が素朴な質問を投げかけた。

「売り込みだよ、役員や営業部門への売り込み」

角谷が少し得意げに言った。

「そのとおり。ただ今のところ、われわれが提示できるものは四分の一の粘土モデルと、まだ内装のデザインがなされていないインテリアモデルだけだ。多少お化粧をしたとしても、商品イメージをつかんでもらうのは難しいだろうな。われわれの武器は商品コンセプトの強さしかないってわけだ」

織田の言葉を聞いて、今井が不思議そうな顔をした。

「コンセプトは、〝埼玉工場で生産できるプレシアベースの小型ミニバン〟じゃないんですか」

「そう思いがちだが、それはわれわれのクルマの成り立ちであって、コンセプトではないんだ。それに、『ミニバン』という言葉自体が日本人には浸透していない。コンセプトとは、われわれが最終的にお客様にお届けする新しい価値のことなんだ」

「そうなんですか」

今井は、まだ納得がいかないようだ。

「織田さん、で、その価値とは何ですか」

最近チームに加わった、インテリア担当の沢原慶子が聞いた。

「ひとことで言うと、家族や仲間での移動が楽しくなること。もちろん運転している人も含めてだ。そのための重要な要素が、スポーティセダンのハンドリングと、室内を自由に移動できるウォークスルー空間。エンジンがドライバーのお尻の下にあるワンボックスにはどちらもできないことだから、お客様にとって価値が高いと私は確信している」

「じゃあ、ひとことで言うと、ウォークスルー・スポーツセダンってことですか」

沢原が言った。

「それじゃ五人乗りみたいだよね。今あるものとは異なる概念のクルマだから、ひとことで伝えるのは難しい。だから、このクルマのよさをマンガにして伝えたいと思うんだ」

「マンガ⁉」

沢原は合点がいかない様子だ。

「たとえば、家族の移動を例にとると、セダンだと子供たちがすぐに喧嘩を始めるけど、このクルマだと新幹線で移動するみたいに喧嘩になりにくいとか。ワンボックスだと一列目と二列目の間が移動できないから、親が一列目に座ると子供の面倒が見られないとか。いろいろなスポーツをするのに便利だとか。お願いしたいのは、そういう事例をみんなで考えて、沢原さんとエクステリアの三浦さんにマンガで表現してもらいたいということなんだ」

みんなは織田に倣って、思い思いに、さまざまなシチュエーションでのミニバンの使い勝手のよさを語り合った。三浦と沢原はそれらを書き留めると、数日かけて分かりやすいマンガに仕上げた。

商品検討会当日、デザインセンターの広々としたホールには実車と見まがうほど美しく仕上げられた実寸大のデザインモデル群が整然と並べられ、あたかもモーターショーの萬田自動車ブースのようだった。「デザインモックアップ」と呼ばれるこの実寸大モデルは、木材やガラス、プラスティック、金属などでつくられた精巧な模型で、外観上は実際のクルマと変わりないものだ。役員の中には、実車と間違えて思わず乗り込もうとする人がいるほどだ。

その広い会場の片隅に、織田たちのクルマのコーナーがあった。

銀色の塗装フィルムでお化粧された四分の一のエクステリア粘土モデルは、確認しやすいように高い台の上に置かれていて、なんとか格好になっていた。しかし、インテリアモデルのほうは、通常はデザインされているはずの内装は手つかずのままで、木材の骨組みがむき出しになっており、車内は軽自動車のシートが六客並べられた簡素なものだった。モデルの横の壁には資料とマンガに加えて、あのＲＶ誌の写真も拡大して貼ってあった。

粗末なこのコーナーに興味を示す役員はなく、織田も顔を見ただけでは何を担当する役員なのかほとんど分からなかったので、声のかけようもない。焦る気持ちのまま、為すすべもなく時間だけが過ぎていった。

「これですよ。どうですかね……」

役員たちがひととおりモデル確認をし終わったころに、鍋島が国内営業担当役員の東浦仁を伴ってやってきた。

「これはステーションワゴンですか」

四分の一モデルを見て東浦が織田に聞くと、

「いやいや、ミニミニバンですよ、六人乗りの。まず、インテリアモデルに座ってみてください」

織田が答えるより早く鍋島が答えた。鍋島は普段からミニバンより小さいこのクルマをミニミニバンと呼んでいた。

「日本の家族向けの『日本ミニバン』です。商品の特徴と使い勝手のイメージは、こちらで説明します」

東浦がモデルを見終わったところで、織田は資料とマンガでクルマの特徴を説明した。

「どうでしょうか」

鍋島は、なんとか東浦の関心を得ようとしているようだ。

「よくは分からないが……。うちの部長たちに説明してやってもらえますか」

そう言うと東浦は、鍋島と話しながらそそくさと立ち去った。

役員が退場すると、今度は各部門の部長によるモデル確認が始まった。

事業部長の石原が真っ先にこっちにやってくるのを見た織田は、咎められはしないかと思わず身構えた。なにしろ、作業中止・チーム解散を、誤解の余地のないほど明確に、石原から直接言い渡されているのである。

ところが案に相違して、石原は織田に軽く会釈しただけで、そのままなにも言わずにインテリアモデルに乗り込んだ。

「室内高はどうやって決めたのかな」

しばらくの間、二列目の席に座って室内を眺めていた石原が、穏やかな口調で織田に尋ねた。

「室内をなんとか移動できて、かつ埼玉工場で大きな投資をせずに生産可能なぎりぎりサイズにしてあります」

「ミニバンやワンボックスの室内高は？」

「総じて一・二メートルくらいはありますので、このクルマの室内高はそれより一〇ミリほど低いです」

「それでいいのかな……」

織田はなにか言いたげな石原の表情を見て思わず、「どうしてですか」と聞こうとした。が、それは自分で考えろ……と言わんばかりに織田を目で制して、石原は黙って去っていった。

決められたモデル確認の時間が終わりに近づいたころ、東浦に指示されたらしい国内営業の部長数人が織田のところにやってきた。

「これか」

「まるでバラックだね、これは」

「きみ、これがミニミニバンかな」

「そうです。子育てファミリー向けの『日本ミニバン』です。インテリアモデルは室内空間確認用で、まだデザインしてありません」

織田は丁寧にモデルと資料の説明をした。

「きみはＲＶブームを気にしているようだね。でも、これじゃあ全然ピンッとこないな。こんな中途半端なクルマをつくるんだったら、早く他社みたいなちゃんとしたワンボックスかオフロード車をつくってくれよ」

いちばん年配と思しき部長がそう言うと、ほかの部長たちも「そうだ、そうだ」と異口同音に意見を述べて、一団はざわざわとしゃべりながらその場をあとにした。

役員と部長の年齢を考えると子育て期に便利という説明では理解しにくいのだろうか……説明資料の内容不足を反省しながらも、あまりの手応えのなさに織田はがっくりと肩を落とした。

室内高

商品検討会を終えた週末、居間でテレビを見ながら織田はぼんやり考えていた。

「それでいいのかな……」――事業部長の石原がもらしたこの言葉が、耳にこびりついて離れなかった。

石原の商品感性はカリスマの領域だと、社内でも定評がある。いつの間にか自分たちは、お客様を忘れてこちらの都合でクルマをつくっていたのだろうか。しかし、むやみに投資をかけると検討中止になる可能性が高い。でも、やはり室内高はミニバンと同等の寸法を確保しないと、ウォークスルーを大切にしてつくられたクルマのようには感じられないのかな。投資を抑えつつ室内高を確保する方法を考えるよりほかにないということなのか。いったいどうすればいいんだ……織田は、レイアウト図を頭に浮かべながら考え続けていた。

「アッ」

長男の叫ぶ声がした。

リビングの床でミニカーとミニカーを衝突させて遊んでいた長男の押し出した一台が、もう一台に命中せず、勢い余って掃き出し窓から飛び出し、外に落ちたようだ。

織田と妻、長男の三人が慌てて窓の外を見ると、無残に壊れたミニカーの部品が駐車場のコンクリートの上に散らばっていた。

「大丈夫。また同じのを買ってあげるから。今度から、窓を閉めて遊ぼうね。お母さん、気がつかなくてごめんね」

悲しそうな長男の顔を見て、妻が慰めた。

「この窓、掃き出し窓にしなくてもよかったわね。この窓から出入りするわけじゃないんだから。昔みたいにほうきでゴミやホコリを掃き出すわけでもないし」

窓をじっと見ている織田に目を向けて妻が言った。

「うん」

織田は、考え事をしながら生返事したかと思うと、

「そうか！　ありがとう！」

突然、嬉しそうに大きな声を出した。

「掃き出し窓にこだわる必要はないんだ！　窓と一緒に天井を上げれば、室内高が高くできる」

「エッ、何のこと。リフォームするの？」

「ごめん、ごめん。そうじゃないんだ。ちょっと会社に行ってくるよ」
そう言い残すや、織田は慌てて会社に向かった。

織田は、埼玉工場の大澤たちと何度も何度も生産現場を確認して、どこにどういう課題があるかを把握していた。最大の問題は塗装工程であり、新設すれば百億近い投資、改造では、作業によって舞い上がった粉塵が収まるまで三か月の操業停止が必要で、どちらもあり得ない選択だった。

つまり、全高が高いこと自体が問題なのではなく、塗装工場を通過する際のボディの高さが最大の問題なのだ。

そうだ！　掃き出しフロアーを諦めればいいんだ。ワンボックスやミニバンがそうだからといって、なにもそれに合わせることはないんだ。床を元の位置に残したまま、「掃き出し窓」つまり側面パネルと、「天井」つまりルーフを一緒に上げれば、ボディの高さを変えずに室内高は高くできることになるじゃないか。

会社に着いた織田は、その考えを確かめようと、トレーシングペーパーに側面パネルとルーフを書き写して上に移動させてみた。すると、塗装区でのボディの高さは変わらぬまま室内高を一〇〇ミリ以上高くすることに、あっけなく成功した。

「掃き出しフロアーにこだわったから、気がつかなかったんだな。まさにコロンブスの卵だ」

織田はレイアウト図を切り貼りし、この変更を正面図や側面図などに反映させた新しいレイアウト図を完成させた。

月曜日が来るのを待ちわびていた織田は、チームのみんなが集まると、すぐに新しいレイアウト図を見せた。

「どうだろう、問題はあるかな」

メンバーたちは、レイアウト図を見ながらしばらく考えていた。

「フロアーを残してキャビン部分（側面パネルとルーフ）全体を上げるということですね。塗装工程のボディハンガーに吊り下げた状態ではボディ高に変化がないから、生産設備への影響はないだろうということですか。うーん、でも、どうしてこんな変更をするのですか」

ボディ設計の角谷が聞いた。

「今のレイアウトは三列乗車のクルマとしては一応成立していると思うけれど、いろいろと乗り比べてみると、三列目までのウォークスルーを謳い文句にするにはやや無理があると感じたんだよ。われわれのクルマはヒンジドアだから、ワンボックスのようにスライドドアのレール部分を床下に隠すためのスペースは必要ないからね」

「クルマが浮いた感じになりますね。今のままのほうがスポーティな雰囲気がして、僕は好きですけど……」

エクステリアデザインの三浦はやや不満げだ。

「室内高が一〇〇ミリ高くなれば、室内での移動はずいぶん楽になるし、コンセプトにも合っていると私は思います。ただし、ドア開口が地面から高くなることになるので、室内モデルに反映して乗降性を確認させてください」

インテリアデザインの沢原が言った。

「サイドシル（家屋でいうと敷居にあたるドアの下側の構造体）下部は工場では吊り下げポイントですが、お客様にとってはパンク時のジャッキアップポイントになっています。今まではブレシアの車載ジャッキを重量増する分だけ補強して使うつもりだったのですが、背の高い車載ジャッキを新作するしかなさそうですね。いずれにしても若干はコストがアップすると思うので、その分は承認してくださいよ」

ボディ開発の角谷の懇願するような最後の言葉に、どっと笑いが起こった。まだまだこのクルマが成立するかどうかの瀬戸際で、コストの詳細を議論する状況ではなかったからだ。

「織田さんが説明したボディ断面は二列目シートの位置ですよね」

シャーシー開発の今井は不安そうな顔をして織田に聞いた。

「そうだよ」

「だとすると、室内モデルやレイアウト図にはまだ反映されていませんが、三列目の足元は燃料タンクやサスペンションの関係で二列目より四〇ミリほど高くなると思います。この部分での室内高を確保しようとすると、さらに全高を上げる必要があるのではないかと思いますが」

「そうだね。それもあるから、室内モデルでいろんな席に座って室内の広さ感を見たり、室内を移動してみたりして考えたんだけど、二列目までの室内高が取れていれば、ウォークスルー空間として問題ないと感じたんだ。三列目に座るときには、足はまだ二列目近辺にあるからね。みんなもインテリアモデルで、三列目の床が四〇ミリほど高くなっているつもりで確認してほしい」

すぐに沢原が四〇ミリ厚のスペーサーを作って持ってきた。みんなは、室内モデルや競合車に乗って確認し、織田の意見に賛同した。

「三列目のシートのフロアーが少し高くなることを欠点ではなく、三列目からも前がよく見えるという長所と捉えて、『シアターフロアー』と呼ぼうと思うんだ。映画館や劇場の床みたいに階段状になっているという意味だよ」

織田の提案に、すぐさま沢原が反応した。

「面白いですね。それもマンガにしておきましょう」

「ところで、塗装工程でのボディの高さが変わらないとはいっても、クルマとしての全高は上がることになるので、今まで考えてきたレジャーシーンや駐車場でのワンボックスに対する優位性が損なわれないか、念のため確認したいと思うんだが。どうかな」

「そうですね。あとで見直すのは大変ですし。私たちのクルマの競争力を再検証することにもなりますね」

織田と沢原の発言を受けて、アウトドアスポーツの現場を見たり、駐車場の寸法を測ったりすることになった。

一般家庭の駐車場では、巻き尺で測るわけにはいかないので、片手をまっすぐ上にあげた麻野の寸法を計測しておいて、いろいろな家の駐車場の前で麻野を立たせて写真を撮ることにした。

一か月後、みんなで持ち寄った調査結果を見ると、一〇〇ミリ全高を上げても、ほとんどの場面で、さらに三〇〇ミリ以上背が高いワンボックスに対する優位性は維持されていることが分かった。ただ、タワーパーキングだけは、ワンボックスと同様に駐車不可能であるという事実も判明した。

「大半のタワーパーキングは、一五五〇ミリ以下でないと無理ですね。まれに一六〇〇ミリ以下なら可というモノもありますが、無理してそれに合わせても、駐車できる機会は限られます」

タワーパーキングを調査した角谷の報告を聞いて、みんながっかりした。しかし、ウォークスルーのための室内高確保を優先するという各人の意思は変わらなかった。こうして、全高と室内高の一〇〇ミリアップはメンバーの総意で実行されることになった。

床下収納シート

ひと月ほどたった六月のはじめ、室内高を見直した新しいレイアウトとインテリアモデルが出来上がり、織田たちはデザイン室に集まった。

空間確認用のインテリアモデルは木材と発泡スチロールやボール紙でできていたので、修正が比較的容易だった。

織田は、インテリアモデルの三列目シートに座ってしばらく考え込んでいた。やはり、みんなに相談してみるしかないなと考えた織田は、作業机で図面検討しているメンバーたちを呼び寄せた。

「広さ感が大きく改善されたことで、三列目の室内幅が狭く、肘を置くスペースすらないのは釣り合いが取れないと思うんだが、どうかな」

織田がそう言うと、それぞれ交替で三列目シートに座って確認を始めた。

「たしかに今までは気にならなかったけど、全体の広さを見直した状態で見ると窮屈に感じますね」

麻野と沢原がすぐに同意し、見直すべきという空気が高まったところで織田が話を始めた。

「ただ、それを直すとなると、リアサスペンションを専用に開発しなければならない。今井君、新サスペンションについてみんなに説明してくれないかな」

「えっ、いいんですか」

思わぬ話の展開に驚きながらも、シャーシー設計担当の今井はこの時を待っていたと言わんばかりに、新サスペンションの図面を取り出して熱く語りはじめた。

競合他社と異なり、萬田自動車ではクルマに合わせてエンジンとサスペンションを新設計することが多かった。新形式のサスペンションは、社内でその設計者の名前を冠して呼ばれる習慣があり、今井はかねてからそんな先輩たちに尊敬の念を抱いていた。いつかは自分も新形式サスペンションを設計したい。「今井式サスペンション」

……それは今井の悲願だった。

「フロアーより上に出っ張らない新サスペンションは、すでに検討してあります……」

今井が説明する様子を見ていた織田は、前に携わった開発プロジェクトのことを思いだしていた。今井よりもはるかに経験豊富な設計者が手がけた新サスペンションがうまく機能せず、操縦安定試験担当のプロドライバーが「こんな危険なクルマはテストできない」と途中で放りだしてしまう有り様で、開発が大きく遅延したことがあったのだ。もしこのクルマでそんなことが起こったら、「このチームにはクルマはつくれない」とレッテルを貼られることは間違いない。なにしろチームは非公式のままで、いつ解散を命じられてもおかしくない状態なのだ。

「織田さん、説明が終わりましたけど」

今井の言葉で織田は我に返った。

「今井君のサスペンションは、理にかなった設計になっていると思う。しかし、サスペンションは操縦安定性、乗り心地、振動騒音など多くの項目にかかわるので、熟成の進んでいるブレシアのものを流用する場合に比べて、はるかに大変な作業になる。

この変更は、みんなの賛同なしには進められない」

織田はメンバーたちの目を見つめた。

「やらせてください。必ずいいものにします」

今井はいつになく神妙な顔つきだ。

「織田さん、やってみましょうよ。ボディ側も一緒に考えますから」

ボディ設計の角谷も応援に回った。

そうしたいというみんなの熱い視線が織田に注がれた。

「やってみるか！」

織田が言うと、みんなは大きくうなずいて、「よかったな」「頼むぞ！」と言いながら今井の頭や肩をたたいた。

織田はみんなの気持ちが嬉しかった。

「それじゃ、インテリアモデルの出っ張りを削りますよ」

沢原は今井の図面と照合しながら、喜々として作業を始めた。

発泡スチロールでできた出っ張りを削るのに時間はかからなかった。

「ところで、三列目シートはどのように格納するのですか。ワンボックスのように中央で分割して左右に跳ね上げますか。そろそろモデルに反映しておきたいんです」

インテリアの沢原がぽつりと言った。

「じつは、それについては考えがあるんだ。みんなも聞いてほしい」

織田はメンバーたちに向かって話を始めた。

「リアシートの格納には、いろいろな方法がある。ワンボックスでは横に畳む方式が一般的だが、畳んだあとシートが荷室にでっぱり、使い勝手が大きく損なわれる。また、アメリカのミニバンではシートを外すことに抵抗がないから脱着式になっているが、日本では法的に許されていない。そこで、使い勝手がよく、アメリカと日本に対応できる方法はないかとずっと考えていたんだ。考えに考えてたどり着いた方法は、まずシートの背もたれ部分を座面側に倒し、次に重なった背もたれと座面をくるりと後ろ向きに反転させて床下に収める方法だ」

言葉では理解しにくそうだと感じた織田は、掌をシートに見立てて折り畳む動作を再現してみせた。

「そうすれば、シートを使わないときは荷室に何のでっぱりもなくなり、使うときは魔法のように床下からシートが現れる。名付けて『床下収納シート』」

そう言いながら、通常はスペアタイヤのある床の部分を指さした。

「スペアタイアはどうなるんですか⁉」

心配そうに今井が聞いた。

「追いだされたスペアタイヤは、新サスペンションで広くなった荷室の後方側面に収納する。つまり、今井君の新サスペンションを採用することで初めて成立する方法だ」

今度は、サスペンションの出っ張りが削られてすっきりした荷室の側面を指さした。

織田の説明にみんな啞然とした。

「でも、織田さん、それは口で言うほど簡単じゃないですよ。室内高の見直しや新サスペンションの採用を決めたばかりじゃないですか。僕としては、これ以上複雑な要素をレイアウトに取り入れたくはないですね。新サスペンションとシート収納部の関係、排気管の取り回し、スペアタイヤの固定方法と新しい要素がたくさんあって、はい分かりましたなんてとても言えませんよ‼」

いつもはノリのいい角谷が、珍しく怒りだした。

ボディ設計担当の角谷はこのところずっと、室内高の見直しによる設計変更をどう図面に反映させるかで頭を悩ませていた。そこに新たに新サスペンションの検討が加わった。クルマをよくするためにと同意はしたものの、経験の浅い角谷には、そのことがボディにどういう影響があるのか正確には理解しておらず、大変なことを引き受けてしまったのかもしれないと漠然とした恐怖を感じていた。そんななかで今また、「床下収納シート」という新たな要素が加わったわけで、事は彼の理解の範囲を超えてしまい、強烈な拒否反応を覚えたのだった。

「僕はいい案だと思います」

エクステリアデザインの三浦が話しはじめた。

「そうしてもらえれば、シートだらけのファミリーカーというイメージのこのクルマを、スポーティなイメージでデザインできます。三列目をたたんだ状態のイメージでデザインできますから」

「シートだらけのファミリーカー!!」――三浦の言葉は角谷の怒りの火に油を注いだ。

「そんなことのために、どれほどの苦労があるか分かってるのか!!」

すさまじい角谷の見幕に、三浦が驚いて後ずさりした。

「まあ、そう怒らないで、角谷君。デザインというのは微妙なものだから、三浦君の気持ちも分かるよ。それに、お客様の使い勝手が大幅に向上すると思うから、ぜひ検討してもらいたいんだ。もし、今井君の新サスペンションを採用することになったら、スペアタイヤの置き場所ができるから、『床下収納シート』を採用したいと前から考えていたんだよ」

織田の言葉も、普段他社のワンボックスに乗っていて折り畳み方法に不自由を感じていない角谷の耳には入らなかった。

「そんな誰もやっていないようなことを、なんでこのクルマでやるんですか!!　新サスペンションだけでも大変なのに」

いつもなら仲裁役を買って出る松崎と麻野も、あまりの角谷の怒りように驚き、よほど大変なのだろうと同情して押し黙った。

「織田さん、もういいですか？　今日は僕、もう帰らせてもらいます」

角谷の怒りは収まらず、その日は気まずい雰囲気のまま解散することになった。

今日は一度にいろいろと新しい提案をしすぎたかな……織田は反省しながら不安な夜を過ごした。


次の日の朝、早起きした織田は、まだ誰も出勤していないデザイン室でインテリアモデルを見ながらひとりで考えていた。

みんながどうしてもやりたくないと言ってきたら、三列目シートはどう畳むかな……織田は、踊りでも踊るように、シートに見立てた掌をパタパタと動かした。

夢中になって考えていると、背後から声がした。

「織田さん」

松崎の声に振り向くと、チームのメンバーたちが立っていた。

「昨日の夜、みんなで話し合ったのですが、織田さんの言っていた『床下収納シート』で進めましょう。難しいかもしれないけれど、このクルマらしいというのがみんなの結論です」

松崎の後ろで、バツが悪そうに角谷が頭を下げた。

「そうか——。ありがとう」

織田は角谷に歩み寄り握手すると、チームメンバーに向き直った。

「みんな、ありがとう」

思案に暮れていた織田は、そっと目頭を押さえた。


チームメンバーは、何度も議論を重ねながら、サスペンションの変更を伴う大幅なレイアウトの見直しを三か月ほどで完成させた。


空が青く澄んだ十月のある日、新しいパッケージモデルが完成したところで、大澤をリーダーとする埼玉工場の生産性検討メンバーにデザイン室に来てもらい、変更点を説明した。大澤たちは非公式な織田たちの「日本ミニバン」検討にずっと力を貸していてくれた。

「念のためにあとでもう一度調べてみるけど、クルマをハンガーから降ろしたあとの工程なら、全高が一〇〇ミリほど高くなっても大きな問題はなかったはずだよ。それにしても、新しいインテリアモデルは室内がゆったりしていいね。実は、前に座らせてもらったときは、少し窮屈だと感じていたんだけど、工場投資を考えると仕方ないのかなと思っていたんだよ」

大澤たちは、レイアウトの変更を喜んでくれた。

こうして、埼玉工場で生産可能なウォークスルー空間と床下収納シートを持つパッケージが出来上がった。

オハイオ工場

遠くに見える山々の頂が雪に覆われるころ、世の中では不穏な出来事が起こっていた。

日本から大量に輸出されてくる乗用車に苦戦を強いられていたアメリカのビッグ3は、新たな市場として開拓したミニバン分野にも、日本のトップメーカーがワンボックスをモディファイしたミニバンを投入してきたことに苛立っていた。彼らはアメリカ政府と協調して、ダンピング提訴や輸入関税の大幅アップなど、次々と手を打ってきていたのだ。

織田が開発センターの長い廊下を歩いていると、「織田君のクルマ、大丈夫なのか」

と心配そうに声をかけてくれる者もいたが、「いよいよ、『日本ミニバン』も終わりだね」とあからさまに嘲笑する者も多かった。

織田は、「日本ミニバン」の実現に強い使命感を抱いていたので、何が起こってもどう解決するかしか考えないようにしていた。

埼玉工場は候補の一つではあるが、まだこのクルマをどこでつくると決まっているわけではないから、アメリカの工場でもつくれるようにしておいたほうがよさそうだな……そう考えた織田は万全を期すため、オハイオ工場の生産技術部門にFAXを打った。

「突然のFAXで失礼いたします。ご存知のように、わが社が生産販売しているセダンカテゴリーについては、アメリカではLDT（ライト・デューティ・トラック）、日本ではRV（レクレーショナル・ビークル）に少しずつ取って代わられようとしています。そのため、私たちチームではセダンベースでこうしたニーズに対応できないかと考え、添付の資料のようなクルマを非公式で検討しております。もしもこの検討にご協力いただけるようでしたら、ぜひお力をお貸しください」

梨のつぶてだった。やっぱりFAXだけでは無理かな……と諦めかけていたころに、ようやくアメリカの工場から回答が届いた。

――もう少し詳細に知りたいので、説明に来てもらえませんか。

断じて行えば気持ちは通じるものだな……織田は急いでオハイオ工場に向かった。

ミネアポリスから飛行機を乗り継いでオハイオ空港に降り立った織田は、雪が降らないかとひやひやしながら、レンタカーでオハイオ工場に向かった。

道を間違わないように、地図を確認しながらコロンバス市街を抜けると、広大な農場地帯の間を抜けるまっすぐな道に出た。ここまでくれば大丈夫だ。一時間ほど走ると、遠くの森の中に薄いクリーム色の巨大な建物群が見えた。

オハイオ工場の玄関ホールには、クルマ全体に従業員のサインが施されたブレシアの量産初号機が、誇らしげに展示されていた。受付で名前を告げて、どう進めるべきかと気をもみながらしばらく待っていると、人のよさそうなやや小太りの男性が現れた。

「お待たせしました。織田さんですか」

「はじめまして。開発センターの織田です」

「ジェネラルマネージャーのジェームス・カーターです。みんなからはジムと呼ばれていますので、そう呼んでください」

「ジムさん、先日は突然のＦＡＸで驚かれたと思いますが、ご協力していただけるということですね」

「ええ。昨年末にミニバンの開発中止が決定されたと聞いて、私たちはとてもがっかりしていたのです。そこにあなたからのＦＡＸが届いたので、なんとか協力できないかと考えました」

「そうだったんですね。ありがとうございます。ただ、私たちがいま考えているのは、既存工場でつくれる小型のミニバンなんです。残念ながら、アメリカではかなり小さめの」

「大丈夫。それは理解していますよ。でも、いつかは、アメリカンサイズのミニバンもつくることになるでしょう？　セダンしか生産したことのないわれわれには、いい勉強になると思います。それに、この工場では今回のクルマのベースとなるブレシアを生産していますから」

確信をもってハッキリと話すジェームスの言葉を聞いて、話に行き違いはないかと不安だった織田はほっと胸をなでおろした。

ジェームスは織田を広い会議室に案内し、集まった二十人ほどの生産エンジニアに紹介した。

織田が説明を始めると、みんながメモを取りながら熱心に話を聞いてくれた。

「最後に勝手なお願いですが、今回の訪問の目的はラインを流動できるかの確認だけでなく、投資と生産コストの算出にあります。この作業を進めるうえで、なにかご質問はありますか」

ひととおりの説明を終えたところで、織田が一同に尋ねた。織田としては、質問にはできるだけ率直に答え、その後、彼らの協力を得てさっそく具体的な作業プランを作成したいと考えていた。ところが、嬉しい驚きが待っていた。

「先に送っていただいた図面で、工場のどこに課題があるのか、だいたいのことはみんなも分かっています。ですから織田さんには、明日から二日間で各工程の担当者と一緒に工場のラインを回って、詳細の整合をしていただけますか。そうすれば、一か月くらいで投資と生産コストの概算をお出しできると思います」

ジェームスがあっさりとそう言ったのである。そして彼は用意したスケジュール表を会場に集まったエンジニアたちと織田に配り、説明した。

織田は、ジェームスのあまりの手際のよさに驚いた。

「ジェームスさん、みなさん。本当にありがとうございます。ここまで準備をしていただいて、感謝に堪えません。明日からどうぞよろしくお願いします」

会議終了後、ジェームスに聞いてみると、どうやら埼玉工場からかなりの情報がトスされ、大澤と時間をかけて検討してきたことがベースとして生かされているようだった。大澤の好意が身に沁みた。

翌朝から織田は二日かけてラインを回り、担当者と詳細な打ち合わせを行った。その結果、オハイオ工場は建物自体が大きいため、埼玉工場とは設備に若干異なる部分があるものの、なんとか対応できる範囲であることが分かった。

生産ラインの確認が支障なく終わったところで、お礼を言うために織田はジェームスの席に向かった。

「ジムさん、このたびはまだ正式ではないクルマの検討に力を貸していただき、本当にありがとうございました。助かりました。工場のみなさんがとても協力的で、親切に対応してくださったので、予定どおり確認作業を終えることができました」

「そうですか。うまくいって私も嬉しいです。ところで、せっかく来られたのですから、工場長に挨拶していかれては?」

「いえいえ、非公式の開発ですから。私などがご挨拶なんてとんでもない」

「まあ、そうおっしゃらずに」

そう言うとジェームスは、先に立ってスタスタと工場長室に向かった。織田は、自分の立場を考えるとあまり乗り気ではなかったが、むげに断るのもどうかと思い、しぶしぶついていった。

ジェームスのノックに応えて、「どうぞ」と中から低い声が聞こえた。

ドアを開けると、広い部屋の奥に大きなデスクが据えられ、工場長の吉村敏行が一人静かに座っていた。

「開発センターから来られた織田さんです」

ジェームスの紹介に吉村は「うん」と言って立ち上がり、織田と握手した。

「このたびは、お世話になりました。非公式な検討にもかかわらず、ジムさんをはじめ工場のみなさんにとても協力的に接していただきました。ありがとうございました」

織田は幾分緊張した面持ちで感謝の気持ちを伝えた。

「そうですか、それはよかった」

吉村は柔和な、笑みを含んだ眼差しで織田を見た。

「アメリカミニバンは売価が成立せず、今回は開発中止になりましたが、私たちは既存工場で作れる小型ミニバンの検討を続けています」

織田は何を話していいか分からず、思わずそう言った。

「聞いてるよ。頑張って！」

吉村の言葉には力があった。

優しい人なんだな。この人はすべて分かったうえで、僕に協力するようにこのオハイオ工場のエンジニアたちに指示を出してくれたのかもしれない……織田はそう感じた。

「ありがとうございます。頑張ります」

　頭を下げて部屋を出た。

　帰国後、オハイオ工場とは何度かＦＡＸでのやりとりが必要だったが、一か月後には約束どおり、きちんと整理された投資とコストの資料が織田のもとに送られてきた。情熱を持って事に当たれば、自分の得にもならないことにも誠実に応えてくれる素晴らしい人たちに、そしてそういう風土を日本国内だけでなく海外の支社・工場においてもつくり上げてきた萬田自動車の先輩たちに、織田はただただ頭が下がる思いだった。そして、いいクルマをつくって彼らの期待に応えなければ、と決意を新たにするのだった。

先行車

　年が改まり、お正月気分も冷めやまぬころ。

これまでの検討内容に自信を深めた織田は、この内容なら説得できるのではないかと考え、営業部門のリーダー格である緒方正英部長に相談した。

緒方は、一週間後の会議の合間に、国内営業の部長たちを伴ってデザイン室に立ち寄ってくれた。

「お忙しいところをありがとうございます」

織田が説明を始めようとすると、「きみ、まだこれをやっているのか⁉」と事情の呑み込めていない部長の一人が、驚いたように言った。

「ええ、萬田自動車で販売すべきクルマだと確信しています。昨年お見せした内容から大幅に進化させ、十分魅力的なモデルになっていると思うので、ぜひ確認してください」

織田は、ひるむことなく、広くなったインテリアモデルと資料を使って丁寧に説明した。前回の教訓を生かして、子離れ期の彼らにも理解しやすいように、ゴルフに出かけるシーンのマンガを資料に加えるなどの工夫をしてある。

部長たちは、かわるがわるインテリアモデルに乗り込み確認した。

「どうでしょうか？」

織田は、緒方に近寄りそっと聞いてみた。

「多少広くなったし、シートの工夫もあるようだが、どういう人が買ってくれそうなのか、私はよく分からない。私だけではなくみんなもそう言っている」

　緒方が、腕を組んで首をかしげた。

「子育てファミリーには、この車が最適だと思うんです」

　織田は必死に食い下がろうとした。

「それならワンボックスで十分だろう？　悪いが、次の会議があるから失礼するよ」

　緒方はそう言うと、部長たちを連れてすぐに立ち去ってしまった。

　内容にかなり自信があっただけに、織田の落胆は大きかった。商品の魅力を高めれば分かってもらえると信じ、みんなと頑張ってきたが、営業部門の説得はそう簡単にはいかないようだ。

　非公式の検討のため、デザイン室の予備予算で細々とモデルをつくらせてもらうのが精一杯で、それにレイアウトやマンガを加えただけの説得材料では、これ以上如何ともしがたい状況だった。

　織田が次の一手をどう打つべきか思案しているところに、センター長の鍋島からの呼び出しがあった。鍋島から「そろそろ諦めたら……」と言われるのではないかと、いつもヒヤヒヤしていた織田は、恐る恐る席に近づいた。

「やあ、来たか。織田君、国内営業の説得に苦戦しているようだね」

鍋島には担当役員の東浦から情報が入っているらしい。

「いやあ、実はそうなんです。ですが、私は諦めていません。もう少し説明の仕方を工夫してみます」

「そうか。私にひとつ考えがあるんだが……どうだ、先行車をつくってみないか」

「先行車……ですか？」

織田は、何のことだか分からず思わず聞き返した。

「ああ、そうだ。先行車だ。君たちのクルマを実走行できる姿にするということだよ」

「そ、そんなことをしてもいいのですか」

「説得には、もうそれしかないだろう」

「それはもう、願ってもないことです。ぜひやらせてください！」

織田は鍋島の恐ろしく前向きな提案に驚きつつ、即答した。

「ただし条件がある。第一に、メンバーは今より増やさないこと。第二に、この件が私の提案であることを誰にも言わないこと」

極めて過酷な条件だったが、織田は自分たちの「日本ミニバン」が、机上のプランではなく形あるものになるのだと思うと、身震いするほど興奮した。

「分かりました。やってみます！」

織田からこの話を聞いたチームメンバーは、手放しで喜んだ。あまりの喜びように心配になった織田は、みんなを落ち着かせるべく、念を押した。

「増員なしで今のメンバーだけでやるんだよ」

「なんとかしましょう」

「工夫すれば、なんとかなりますって！」

「本当につくらせてもらえるのなら、絶対になんとかします」

聞こえてくるのは、前向きな言葉ばかりだった。

織田はその様子を見てホッと胸をなでおろしたが、まだ大きな仕事が残っていた。

みんなの賛成で、増員なしとの鍋島からの第一の条件は満たせるとしても、鍋島の発案であることは伏せるという第二の条件を満たすのは至難の業だった。

最大の関門は、予算を管理している設計部長の伊達にどう説明するかである。先行車をつくるには一億円以上の予算が必要で、伊達の決済が不可避だったのだ。織田はいろいろな方策を思い見たが、どうにもいい知恵が浮かばない。こうなったら、思いきって直接相談してみるか……そう考えた織田は伊達のもとに向かった。

「今日は、私たちが検討している『日本ミニバン』についてお願いがあって伺いました」

「お願い？」

会議を終えて席についたばかりの伊達は、不愉快そうな顔をして織田を見た。

「実は、工場で生産できる目途はついているのですが、国内営業がまったく興味を示してくれないので困っていまして。そこで、お願いなのですが、なんとか先行車をつくらせていただいて、それを使って説得したいのですが」

織田自身が〝無理な話だな〟と思いながら話すのだから、必然的に言葉に力がなかった。

「織田君。知ってのとおり、われわれにはそんな工数も予算もないのだよ。今も販売不振による売り上げ減をカバーするため、予算削減にどう対応するかの検討会議をしていたところで、とてもそんな余力はないんだ」

タイミングが最悪だ……織田の言葉にますます勢いがなくなった。

「工数に関しては、今のままでなんとかしますので、なんとか予算だけつけてもらえませんか」

「今のメンバーは何人だ？」

「二十人です」

「本当にできるのかな。途中で応援を出してくれと言われても出せないよ」

「今のままでなんとかします」

「仮にそうだとしても、先行車をつくったら本当に営業を説得できるのかな」

「なんとかできると思います」

「〝なんとか〟ばかりじゃあね。架空の話に予算は割けないね」

「……分かりました。もう少し検討してみます」

織田から見ても伊達の反応はもっともなので、それ以上強く出ることもできず、とりあえず退散せざるを得なかった。


織田は予算が下りないことをチームのみんなには知らせなかった。

二十人の設計者は黙々と図面を描き、二月の終わりころまでに、先行車の図面をまとめ上げた。

みんなの努力に報いるためには、この図面で部品を発注して先行車をつくるよりほかに道はないが、予算がつく当てもない。ただ、追いつめられているはずの織田は、なぜか落ち着いていた。

織田は会議室にたくさんのボードを持ち込むと、それにすべての図面を貼るように指示した。織田はボードに貼られた数十枚の図面を半日かけて、なめるようにじっくり確認し「よし！」とつぶやいた。そして、毎日、意識して設計部長席のあたりを日に何度かブラブラ通るようにした。

そんなことを繰り返して何日目かの朝、織田は伊達の席に向かった。

「あの、今ちょっと時間をいただけますか」

久しぶりに時間が空いたのでクルマの雑誌に目を通していた伊達が顔を上げた。

「今すぐならいいよ」

少し暇を持て余していた伊達はそう答えた。

忙しいなかにもホッと一息つけるような時があるもので、そういう時には心にゆとりが生まれる。織田は、伊達にその瞬間が訪れるのを見計らっていたのだ。

「見ていただきたいものがあるんです」

伊達はいぶかしげな顔をしながらも、織田についていった。

会議室に入ると、ボードに大量の図面が貼られ、それぞれの図面の前には担当のチームメンバーが立っていた。

「先行車用の図面ができたので、見ていただけますか」

「その件なら以前断ったはずだが……」

伊達は不本意だったが、会議室の中の様子を見て仕方なく説明を聞くことにした。

図面を見て回ると、クルマの基本構成に関してその完成度は驚くほど高く、流用できるところは量産部品を上手に活用していることが分かった。

伊達の険しい表情がほころびはじめたのを見て織田が話を切り出そうとしたとき、伊達はぴたりと歩みを止めて一枚の図面の前から動かなくなった。

「リアサスペンションは、ブレシア流用じゃないのか？」

伊達は、鋭い視線で織田と担当の今井を見据えた。

「ブレシアのリアサスペンションでは、三列目の乗員の肘置きスペースがどうしても取れないんです」

慌てて答えた織田の言葉を無視するように、伊達は今井に問いかけた。

「形式としてはトレーリングアーム付きのインホイールダブルウイッシュボーンだね。ところで、水平入力の入るロアアームがどうしてこんなに曲がっているんだ」

グニャリと曲がったロアアームを指さす伊達の姿に、チーム全員が祈るような気持ちで今井を見た。

「排気管の通路がないからです。床下収納シートのためにフロアーが大きく下に張り出しているので、ロアアームの下に排気管を通しています」

「それは都合だろう。肝心のサスペンションとしての剛性はどうなんだ」

伊達は、今井を睨みつけた。

「ロアアームにはコイルスプリングをマウントするので、強度は十分に高く取ってあります。ご心配の剛性に関しては、すでにコンピュータシミュレーションで計算してあって、まったく問題ありません」

今井は、準備していた資料を伊達に見せながら説明を続けた。

その資料に目を落とした伊達は黙って読みふけっていたが、やがて目を上げて今井を見た。

「よく検討できているね。サスペンションは難しいからしっかり頼むよ」

今井は、満足げな表情を浮かべてペコリと頭を下げた。

若い今井が毅然とした態度でよどみなく応答する様子を見守っていたチームのみんなは、微笑みながら顔を見合わせ互いに大きく頷いた。

伊達は何台もの新車の開発に携わっていたので、この大柄な車体と新サスペンションの組み合わせで、クルマの挙動がどうなるか知りたいと思った。いいサスペンションができれば、今後の新型車にも流用することができて萬田自動車の技術的財産にもなる。

伊達は表情を緩めた。

「この図面で一台だけつくらせてもらえませんか」

織田が切り出した。

伊達は一瞬ためらったあと、息を呑んで見守る開発チーム一同の熱い視線を感じながら、答えた。

「ここまでできているなら仕方がない。つくってみるか。ただし、費用は一億以下に抑えること」

シャンパン

ついに予算が下りたとはいえ、先行車の完成までには時間がかかった。優先順位が最下位だったことと、予算を削るため簡易な製法を多用したことにより手作業が増えたためだ。チームメンバーはそれぞれ担当の部品製作現場に張りついて対応した。

開発センターの周りに植えられた桜が満開になり、通勤路が桜の花のトンネルになるころ。待望の部品が開発センターに搬入され始めた。組み立てが始まると、自分の子供の出産に立ち会うように、毎日組み立て作業場に通うのがメンバーの日課になった。

「いつも設計者が横にいてくれるので、どう組み立てていいか分からないときや不具合があったときに、とても助かるよ」

組み立て担当者も喜んでくれていた。

チームの誰もが、自分たちのクルマが少しずつ形になっていくのが嬉しくてたまらず、作業場に行くのが楽しみだった。

組み立てのリーダーはそう言って、組み立て作業場にいた織田に先行車のキーを渡そうとした。

「無事に完成しました！」

「ちょっと待ってください」

織田はチームの面々を呼び寄せ、すべてのメンバーが揃ったところで儀式を始めた。

「おめでとうございます。みなさんにとっては特別な一台ですね」

組み立てのリーダーが、先行車のキーを織田にうやうやしく手渡した。キーは、不釣り合いに大きな手づくりの赤いリボンで飾られていた。

パチパチパチ。織田がキーを受け取ると、組み立て場に拍手が起こった。

「みんな、ありがとう。先行車の完成を祝いましょう」

織田は用意しておいたシャンパンの栓を抜き、紙コップを手にしたチームのメンバー一人ひとりに注いで回った。最初のうちは初めて目にする一風変わった光景を遠巻きに眺めていた組み立て担当者たちも、織田にシャンパンを注いでもらってこの儀式に加わった。

シャンパン入りの紙コップを手にしたチームメンバーと組み立て担当者たちは、先行車をぐるりと取り囲んだ。

「おめでとう！」

織田は紙コップを高く掲げてそう言うと、手にしたシャンパンを、船首に見立てたバンパーの先端にかけた。

みんなもそれに倣い、自分の担当した部品にシャンパンをかけはじめた。

「いい子に育つんだよ」

今井は、初めて自分のアイデアで設計したリアサスペンションにシャンパンをかけた。

「あっ、そこは勘弁してくれ。においで運転できなくなるよ」

シートにかけようとしている松崎を見て、麻野が慌てて止めた。

「なんだ、涙目じゃないか」

麻野の顔を見て松崎が言うと、

「お前だってそうじゃないか」

麻野が笑いながら言い返した。

儀式が終わるとすぐに、織田たちは隣接するテストコースに移動した。

テストコースの薄暗い街灯に照らされた先行車を、みんな再度じっと見つめる。

自分たちの頭の中にしか存在しなかった「日本ミニバン」が実際に形となって目の前にあることが、現実のことだとは信じられなかった。

「よーし。そろそろ試乗を始めようか」

織田が運転席に乗り込むと、数人が一緒に乗り込んだ。

「完全に乗用車そのものだ」

織田は思わず声に出して言った。

後ろを振り返ると、そこにはちゃんとミニバン空間が広がっていて、すべての席にチームのメンバーが座っていた。

ワンボックスともアメリカミニバンとも違う、乗用車そのものの運転感覚に、織田は驚いた。そう狙ってつくった織田自身が、ここまでとは思っていなかったのだ。

「後ろの席はどうかな」

「快適です！」

いちばん後ろの席に座っていた角谷が、はずんだ声で答えた。

多少の急ハンドルを切っても今井の新サスペンションが受け止めてくれて、安心して走行することができる。

案ずるより産むが易しか……織田は心配していた新サスペンションの素性がとてもよかったのでひと安心した。

「いいサスペンションをつくったなー」

「信じてなかったんですかぁ」

織田の言葉に今井は不満そうな顔をしてみせはしたが、内心では織田の賞賛が飛び上がるほど嬉しかった。

互いに席を交替しながらテストコースを何周もするうちに、欠点も見えはじめてきた。

「やはりエンジンが非力ですね」

エンジン設計の麻野は、周回する先行車をテストコースの待機場所で見つめていた織田に近づいて言った。

「残念ながら心配していたとおりだったね。最高速が伸びないのはやむを得ないにしても、発進時にすぐに非力だと分かるのはなんとかしたいものだ」

「なにか考えてみますよ」

麻野はそう答えたが、ブレシアのエンジンを流用している以上、手詰まりなのはお互いに分かっていた。

Ⅳ

五里霧中

説得

先行車が完成すると、織田はすぐに国内営業への説得を再開した。

今度は大丈夫だな……織田には自信があった。狙いどおりに乗用車の運転感覚とウォークスルー空間を合わせ持ったクルマが出来上がり、試乗したセンター長の鍋島と設計部長の伊達からも好評価を得ていたからだ。


空が厚い雲で覆われた六月の中旬。マイクロバスでテストコースに到着した国内営業の部長たちは、先行車と、比較用として用意されたワンボックスの前に集まった。

「前回まではパッケージモデルと資料で説明させていただきましたが、ようやく先行車が完成しましたので、今日はこのクルマに試乗していただきます」

織田は誇らしげに先行車を指さした。

「何だ、こりゃ。できた早々ポンコツか」

「開発センターは真面目にクルマをつくっているのか」

「こんなひどいクルマは初めて見た」

予想外の言葉が次々と耳に飛び込んできて織田は驚いた。

たしかに、外観を見ると、ランプ類は量産品を流用したものが黒く塗ったブラケットの上に無造作に取りつけられており、屋根の側面には無理やりかさ上げされた大きな段差があった。室内も、ベースとなったブレシアのメーター部分だけがインパネから不恰好に飛び出していて、上下に引き伸ばされた内装材は継ぎはぎだらけだ。

しかし、見てくれに構わないのは先行車の常で、重要なのは動的性能の確認である。したがって、仕上がりはそれが可能な範囲で最低限のものでもなんら問題はない。

もっとも、通常、先行車に開発者以外が乗ることはなかった。営業部門では美しく仕上げられたデザインモックアップで静的確認を行うのが常である。だが、織田たちのクルマの場合にはデザインモックアップをつくる予算もなく、新コンセプト成立性確認のための動く空間確認モデルとしてつくられたこの先行車が、見せられるもののすべてだった。

織田たち開発チームの面々は、この先行車に、あとでつくられるであろう斬新なデザインを思い思いに頭の中で合体させて見ていた。しかし、営業部門の部長たちには、目の前にある不恰好な姿が奇異に感じられるだけだった。

「これは動的確認のための先行車ですから、デザインはまだ反映されていません。今日は動的性能と室内の広さ感などを見ていただきたいのです」

織田は慌ててそう言うと、テストコースの走り方を説明して試乗を開始した。

部長たちはガヤガヤ話しながら、代わる代わる試乗を行っていた。

しばらくすると、試乗を終えたリーダー格の緒方正英が、待機していた織田のもとにやってきた。

「どうでしたか」

動的な仕上がりには自信があった。

「運転してみると乗用車みたいだね」

「そうですか。ありがとうございます」

今度こそ理解してもらえるのかな――織田は期待を持った。

「ところで、全高はもう少し上げられないのかな」

「えっ、高く……ですか？　どうしてですか」

「これだと、ワンボックスみたいな特別感がないんだよ、高くて広いところにいるというような」

「ウォークスルー空間が得られるもっとも全高が低いクルマという意味で、独自のポジションを築けると考えているのですが。ワンボックスには一般的なセダンユーザーが移行しにくいと思うのです」

「そうだといいのだが……私には中途半端な商品に感じられるな」

「ワンボックスだと、おじいちゃんおばちゃんや小さい子供たちの乗降が大変だと思うんですよ。全高が低いほうが安定性の面でも有利ですし……」

「せめて、ワンボックスのようにスライドドアにはできないのか」

「新ジャンルのクルマですので、乗用車の佇まいを大切にしたいと思っています。スライドドアにすると、セダンユーザーにとって商用車イメージになるんじゃないかと心配なのです」

話していると試乗を終えた部長たちが集まってきたので、議論の場を会議室に移すことにした。

「試乗の結果はいかがでしたでしょうか」

ざわめいていた会議室の空気が落ち着いたところで、織田はみんなの顔つきを気にしながら聞いた。

「みんなの意見をまとめるとね」

厳しい顔をした緒方正英が、座ったまま織田に向かって話しはじめた。

「この分野で売れているのはワンボックスだけで、そのすべてがスライドドアであり、七五％がディーゼルだ。この事実には逆らえないだろう？　今日乗せてもらったクルマは、たしかに面白いと言う者もいたが、市場に投入しても徒花で終わるのではないか、というのがわれわれの結論だ」

狙いどおりのクルマができたと自信を持って会議に臨んでいた織田は、狙いそのものを否定されて言葉を失った。

出入り禁止

先行車を使って国内営業の共感を得ようという織田の試みは、思うように成果につながらないまま時間だけが過ぎていった。

追い込まれた織田は、なんとかこのクルマのよさと必要性を理解してもらいたいと、営業部門に日参した。この日も営業を訪れて、部長たちのリーダー格である緒方の説得を再度試みていた。

「参加メンバーを部長クラスから子育て期の営業部員に替えて、もう一度試乗会と説明会を開かせてもらえないでしょうか」

織田が話を始めると、隣の席から大きな声が聞こえた。

「あなたねえ、何回来ても要らないものは要らないんだ！ 緒方さんが迷惑しているのが分からないのか!!」

織田はびっくりして声の主のほうに向き直った。ビジネスマン然とした、十歳くらい年上のその人物とは初対面だったが、向こうは織田を知っているようだ。

それまでざわざわしていた部屋の空気が一瞬で凍りつき、部屋中の視線が二人に注がれた。

「だいたい、工場の都合でつくったクルマが売れるわけがないんだよ！」

「私たちは、都合でつくっているわけではありません。子育て世代にとっていちばんいいクルマだと思って開発を進めています。日本の家族のための『日本ミニバン』です。投資がかさまないように工場の設備に合わせて形状を工夫しているだけです」

「『日本ミニバン』だか何だか知らないけど、そういうのを都合っていうんだよ。ディーゼルがない、スライドドアがないの、ないない尽くしじゃないか。言い訳なしで営業が欲しいと思えるようなクルマを持ってこい!!」

緒方は、予想外の出来事にどう対処していいか判断できないまま、二人の顔を交互に見ながら、やり取りを傍観しているだけだ。

営業の幹部の中には、開発部門の暴走を抑えるのが自分たちの大切な役割だと考える風潮があった。あながちそれが営業の勝手な思い込みともいえないということは、織田にもよく分かっていた。事実、萬田自動車の長い歴史のなかには、開発サイドの思い込みでつくったクルマが思いどおりに売れず、苦境に陥った例も散見された。

痛烈な批判に耐えながら、織田はじっと考えていた。

ワンボックスにお客様を取られはじめている営業の立場で見れば、そう言いたい気持ちも分かるが。トラックシャーシーもディーゼルエンジンも持たないわれわれが、他社と同じものを、他社より投資をかけてつくっても勝負にならない。それに、子育て世代のお客様は、いま目の前にあるからワンボックスを買っているだけで、もっと理想に近いものが存在しうることを知らないのだ――織田にはそう思えてならなかった。

「子育て世代が本当に必要としているのは、この『日本ミニバン』なんです！」

織田は声を絞り出すようにして言った。

「もういいから。とにかく、営業には出入り禁止。もう二度と来ないでくれ!!」

大きな声が部屋中に鳴り響いた。

このまま話を続けてもいい結果にはつながらないと感じた織田は、十分な反論もできないまま部屋を出た。

理解者

国内営業に出入り禁止になったあとも、織田は国内販売を諦めたわけではなかった。しかし、説得には少し時間を置く必要があると感じていた。といって、そう悠長に構えてもいられない。このままでは、いつ検討中止の指示が出てもおかしくなかった。技術系役員のなかには、非公式ながら「日本ミニバン」の必要性に理解を示す人たちが生まれてきてはいたが、どうしても営業系の役員に理解者が必要だった。萬田自動車には、営業・生産・開発・購買部門のそれぞれがお互いの意志を尊重しながら、力を結集して運営に当たるという仕事の進め方が定着していた。

織田は、それまでの開発のなかで接することができた営業系役員の開発チームに対する接し方を思いだしながらじっくり考えて、ある結論に達した。

〝経営者らしいふるまいで、自分たち「日本ミニバン」開発チームを応援してくれる可能性がある人物は、知り得る限り天城さんしかいない〟

アメリカ支社長の天城重文とは面識がある程度だったが、優れた慧眼と偉ぶらない人柄に、織田はかねてから好感を持っていた。

だが、日本営業からは拒絶されていて、正式な開発機種ではない「日本ミニバン」に、はたして天城さんは興味を示してくれるだろうか。正規のルートでアメリカの営業部門に依頼しても進展は難しいだろうな。天城さんに直談判するしかないかな。誠意と情熱で事に当たれば、必ず道は開かれるはずだ。

織田にはなぜか確信があった。萬田自動車には、織田にそう感じさせる風土があったし、天城自身がその体現者である。

織田は意を決してアメリカ支社の秘書室に直接電話し、天城支社長に取り次いでもらうよう依頼した。異例のことだったが、事情を聞いた支社長の担当秘書は丁寧に対応してくれた。

「御本人に確認して、結果を折り返し電話させていただきます」

電話の前でヤキモキしながら待っていると、思ったより早く呼び出し音が鳴った。

「乗ってみてもいいとのことです。時期はいつごろになりそうですか……」

やった！　これで、活路が見出せるかもしれない。

「さっそくご回答をいただき、どうもありがとうございます。なるべく早くお願いしたいのですが、クルマの発送や通関等のスケジュールを詰めて、再度ご連絡させていただきます。私の電話を取り次いでいただき、本当にありがとうございました」

上気した声で感謝の気持ちを伝えた。

半月後の七月に、織田とエンジン担当の麻野の二人はアメリカ研究所に到着した。先に発送しておいた先行車を確認するために車両整備場に向かうと、木枠はすでに開梱され、アメリカ研究所のメンバーの何人かが集まってクルマを取り囲んでいた。その一群の後ろで腕組みをして立っている所長のチャールズ・アンダーソンを見つけた織田は、近寄って話しかけた。

「このクルマ、どうでしょうか」

「織田さん、ご苦労さま。じつは、先ほど4×8の合板を積載してみようとしたのですが、まったく無理でした。織田さんは4×8の重要性はよくご存じですよね」

チャールズは不満そうな顔をしていた。

「もちろん、よく理解しています。しかし、4×8を積載可能にすると、どうしてもアメリカミニバンのサイズにならざるを得ません。その案は売価不整合で中止になったのはご存じのとおりです。このクルマなら既存工場で生産可能で、大型エンジンを必要としないので売価も成立します。ただし、アメリカミニバンと比べると小さめで、積載能力が十分でないのは事実です」

「だったら、こんな寄り道はやめて、コストを下げる努力をしたほうがいいんじゃないんですか。どうしてこんなクルマを持っていらしたんですか」

「アメリカミニバンをつくる前のステップとして、このクルマを導入してみるのもいいかと思ったんです。今のままでは、低コストの大型エンジンが完成するまでの数年間に、なにも打つ手がありません」

チャールズは織田の話を聞いて理解に苦しむような表情をした。

「織田さん、残念ですが、このクルマはアメリカ市場に必要ありません。明日の天城支社長の試乗にはアメリカ研究所のメンバーは立ち会いませんので、そのつもりでいてください」


翌日の夕方、織田と麻野は研究所の一番端にある薄暗いテストコースの待機場で、天城が来るのをじっと待っていた。

「なかなか見えないですね」

何度も時計に目をやりながら、麻野が不安そうに言った。

「忙しい方だからな」

来てくれるだけでありがたいと織田は思っていた。

しばらくすると薄明かりのなかに一台のセダンが現れ、待機場の駐車場に停まった。なかから一人の長身の紳士が降り立ち、ダークスーツのジャケットを肩にかけて織田たちのほうへ向かってくる。

「こんばんは、お忙しいところをお越しいただきありがとうございます」

外灯に映しだされたシルエットを見て、天城だとすぐに気づいた織田が声をかけた。

天城はそれには応えず、停めてあった先行車の周りを無言のままひと回りすると、クルマに向かって仁王立ちになった。

「このチームはダメだな。日本を向いてつくっている」

その言葉を聞いた織田は、とっさに天城の腕をつかんでいた。

「とにかく、乗ってみてください」

自分の意志に反して強引にクルマの運転席に押し込まれた天城は、不愉快そうな表情で助手席の織田を見た。

「お願いです。運転してみてください」

織田の言葉に促されて、天城はしぶしぶクルマを発進させた。

走りだしてみて、サイズのわりに軽快な運転感覚に驚いた。

「セダンベースか」

「そうです。ブレシアをベースにして、五〇%以上の部品を共用しています」

「既存の工場でつくれるのか」

「日本とアメリカの工場でつくれます。工場のみなさんと一緒にラインを歩いて調べてありますから」

そう答えると、織田は畳みかけるように言葉を続けた。

「このクルマが日本サイズで、アメリカ市場では小さすぎるのはよく分かっています。ですが、大きな投資を必要とする本格的なミニバンの導入に向けて、販売・生産・開発の態勢を整えるために、まずは投資の少ないこのクルマを導入してみてはどうかと私は思っているのです」

「たしかに将来の布石になるかもしれないが、本格ミニバン導入の妨げになる可能性もある」

「おっしゃるとおりかもしれませんが、ミニバン需要の高い状態が続く限り、萬田自動車としても、いずれはアメリカサイズのミニバンを導入せざるを得なくなるはずです。それに、前回の検討でネックの一つだった低コストの大型エンジンが、数年後には完成します」

織田の言葉が耳に入っているはずだが、天城は相槌を打つこともせず、なんの反応も見せないまま運転を続けた。

しかし、険しかったその表情が少しずつ緩んでくる。それを見て織田は、内心で快哉を叫んだ。

天城は、入念にハンドリングと乗り心地を確認すると、織田に運転を代わらせて後席に乗り込んだ。

待機場に戻ってきたクルマに駆け寄った麻野は、ハンドルを握ってスタートした天城が後ろのドアを開けて降りてきたのに驚いた。

「お疲れさまでした」

麻野は、とっさに上ずった声で言った。

「ありがとうございました」

織田と麻野は、無言のまま去っていく天城の後ろ姿を見送った。

「で、どうだったんですか」

待ちかねたように、麻野が不安そうな顔をして織田に尋ねた。

「たぶん……大丈夫だと思う」


織田たちが帰国して間もなく、突然、アメリカ支社からアメリカ人の副社長がスタッフを連れて織田を訪ねてきた。織田の説明を聞き、先行車の試乗を済ませると、彼らはなにかに急かされるように慌ただしく帰国していった。

しばらくすると、アメリカ支社から月販予定台数五千台の知らせが届いた。

やっぱり、天城さんは理解してくれていたんだな……。織田は、心の底から感謝した。

これで生産と販売の目途はついた。あとは正式に「開発指示」が発行されれば、検討中止に脅える状況から脱却できる。なんとか新規開発プロジェクトが動きだすまでに「開発指示」が出れば……織田はヤキモキしながら「開発指示」の発行を待った。

山籠もり

アメリカ支社の販売意思表示により、いつ織田たちのクルマの「開発指示」が発行されてもよい状況ではあった。しかし、経営陣としては、貴重な経営資源をたまたま提案された商品に投入するわけにもいかない。開発センターに命じて新商品案をいくつか出させ、その中から最善と思われる案を選択すべきということになったのは自然の流れだった。

八月に入ってしばらくたったころ。三十人ほどのメンバーが選定され、三グループに分かれて議論することになった。こうした会議では参加者を本来の多忙な仕事から隔離するため、山奥のホテルが会場となることが多く、社内では「山籠もり」と呼ばれていた。

織田も、「山籠もり」のグループの一つに参加していた。

「それでは、当グループの新商品の提案会議を始めます。まず、どの辺から話を始めましょうか」

議長が意見を求めると、

「まず、織田君のクルマを否定することから始めよう」

開発センターの役員の一人が待っていたかのように言った。

「私もそう思う。あのクルマの存在自体が理解できない」

「僕の目から見ても、スポーティなクルマのメーカーというイメージを大切にしてきたわが社がつくるべきクルマとは思えない」

堰を切ったように織田のクルマを否定する意見が続いた。

通常、新商品の提案は顧客ニーズ、企業ニーズに基づき開発資源のバランスを考えながら企画部門が行う。そのため、資源の裏付けもなく、ただつくりたい一心で推し進めようとする織田の行動は、日頃から要員不足に喘ぐ中間管理職や、お株を取られて面子が立たない企画部門の強い反感を買っていたのだ。

「みなさんが、私のチームが検討している商品案に反対なのはよく分かりました。ただ、一応形として出来上がっているので、みなさんの間でもすでに案の一つとして認識されていると思います。この会議の主旨は新しい商品の提案ですので、その趣旨に沿って議論しませんか。最終的な選定は案が出揃ったところで行われることになっているのですから」

織田は内心穏やかではなかったが、努めて冷静にふるまった。

「そのとおりですね。では、市場の動きや新技術などの切り口から、新提案について議論したいと思います」

収拾がつかなくなるのを恐れていた議長は、ホッとして話を振り出しに戻した。

出席者はそれぞれ、しばらく押し黙って考え込んでいたが、誰かの提案で荒唐無稽なノリのいい話が出ると、話はそちらのほうにどんどん進んでいってしまった。

翌日の夕方、予定どおり各グループの検討結果の社長報告が行われた。報告会場には社長席に向かい合うように円弧状に長机が三個並べられ、三つのグループの代表が二名ずつ席につき、そのほかのメンバーはそれぞれ代表者の席の後ろに並べられた椅子に座っていた。

三グループの代表が、大きな模造紙に書いた商品案についてひととおり説明し終わると、社長が口を開いた。

「報告ありがとう。腹案を温めている人がいるかと思って短時間で検討してもらったのだが……。一から考えたのでは時間が足りなかっただろうな。残念だが、今日聞いたどの案も、今ひとつピンとこない。ところで、すでに案の一つとして出ている『日本ミニバン』について、みんなはどう思っているのかな」

誰もが下を向いて押し黙っていた。暗黙の否定である。

全員からとはいかないまでも、いくらかは賛成の声が聞けると思っていた社長は驚いた。すぐさま立ち上がって、参加者を鋭い眼差しで見回しながら言葉を発した。

「あのクルマは、ダメなのか。ダメなのか。ダメなのか」

三度繰り返してもう一度会場を見渡すと、その場を立ち去ってしまった。

織田は開発センターに戻っても、この出来事を胸の中にしまい込んで誰にも話さなかった。そして、どこかから漏れてチームが動揺するのを避けるためにはしばらく彼らを隔離するしかないと考え、デザインの実現性を高めるためと称して、メンバーをデザイン室に缶詰にした。

山籠もりの三日後、織田たちがいつものようにデザイン室で、モデルを前に議論していると、突然ふらりと社長が現れた。

「このクルマは……やっぱり要るよな」

社長は織田に向かってニヤリとひとことそう言うと、笑みを浮かべたままスタスタと部屋を出ていった。

山籠もりでの顚末を知らないメンバーたちは、突然の社長の来訪に驚き、何のことだか分からずキョトンとしていた。

よしっ！ 織田の胸がドキンと大きく脈打った。巷の噂によると、社長はＲＶジャンルのクルマは好きではないが、都内を走るクルマを注意深く観察して、ＲＶが予想以上に増加していることに危機感を抱いているということだった。そこに織田は、密かに期待していたのである。

織田は、ふーっと大きく一つ息をしてみんなのほうに向き直った。

「さあ、頑張っていいクルマをつくろう」

開発指示

織田たちは「開発指示」を心待ちにしていたが、いっこうに発行される気配もないままに時間が過ぎていった。

「開発指示」が発行されない限り、正式なチームとは認知されず、予算もつかない。やむなく織田たちはいろんな部門の予備費を頼み込んでわずかずつ使わせてもらいながら、寄生虫のように細々と検討を続けていた。

これ以上、こんな状態を続けるわけにはいかないと感じた織田は、自ら「開発指示」の作成に取りかかることにした。

本来なら、「開発指示」は事業部長の指示で選ばれた営業・生産・開発の各部門の開発責任者が必要事項を記入し、担当役員がサインをして、事業部から正式に発行されるものだ。織田たちは生産部門と開発部門の内容はすでに把握しており、アメリカ支社から目標の販売台数も示されていたので、必要事項はほぼ自分たちででも埋められる状態にあった。ただし、国内販売については、販売台数はおろか議論さえ拒絶されたままだった。

織田は所定の用紙を入手して、自分たちに発行されるべき「開発指示」を完成させると、事業部長の石原を先行車試乗に招待した。

九月の初め、空が綺麗に晴れ渡ったある日。テストコースにやってきた石原は、先行車を見るなり、まず後席に乗り込んで室内をしばらく眺めていた。

「室内空間を広げたのか」

「はい。他社並みの室内高を確保しました」

織田の答えを聞いた石原は、やおら運転席に移動して運転を始めた。

「まずまずの出来だな」

試乗を終えた石原は、淡々とそう言った。

「あのう……開発指示を作成したのですが……発行してもらえないでしょうか」

テストコース横の待機室に戻った石原に、織田は恐る恐る言った。

石原は織田をいぶかしげに見つめながら、織田の差し出した用紙を手にした。

用紙に目をやると、いつもなら各部門の責任者がまとめるのに四苦八苦することの多い開発指示の内容が、ほぼ完全に埋められていることに石原は驚いた。

「開発の目的だけは私が書くよ」

石原は織田を咎めることもなく発行を約束してくれた。

半月ほど経った九月の終わり、織田のもとに正式な「開発指示」が届いた。二十か月ほど続いていた非公式の状態から、ようやく脱却したのだ。

織田は、一緒にここまでこぎつけたチームのみんなと、ささやかなお祝いをすることにした。

開発センターはテストコースと併設されているため郊外にある。そのため全員がクルマ通勤で、普段は集まって酒を酌み交わすこともなかったが、この日ばかりは大いにはしゃぎ、盛り上がった。

「織田さん、何を飲んでるんですか」

麻野がビール瓶を持って織田のところにやってきた。

「ありがとう。ビールをもらうよ」

「ところで、なんでこんなに頑張るんですか」

ビールを注ぎながら、赤い顔をした麻野が聞いた。

「どういうこと？」

「四面楚歌のなか、どうして二枚腰三枚腰で頑張り続けるんですかって聞いているんですよぉ〜」

酔っているようだが、目は真剣だった。

「そんなの、みんながいるからに決まってるだろう」

「それだけですかぁ」

「なんだよ。こだわるなー」

麻野がこだわるのには理由があった。F1エンジンの開発に携わったことのある麻野は、実力のあるエンジニアとして周りから信頼され、自身もそれを自負して頑張ってきた。新工場建設を前提として、自分の得意な大排気量エンジンを搭載するアメリカミニバンチームに加わったのも、自然の成り行きだった。アメリカミニバンが中止になってからは織田の唱える「日本ミニバン」に意義を感じ、これまで夢中で走り続けてきた。しかし、いざ開発本番となるとエンジンは流用と決まっているため、エンジン開発者としての働き場所はほとんどない。一方、自部門（エンジン開発部門）では新しい大排気量エンジンの開発が佳境に入り、みんなが慌ただしく仕事している。麻野は自分の立ち位置に不安を感じはじめていたのだ。

麻野に問い詰められた織田は、少し考えてから真剣な顔で答えた。

「僕たちは、正式に解散を命じられた開発チームだよね」

「そうでしたね」

「開発センター長の鍋島さんの温情でかろうじて生き延びてきた、いわばゾンビチームだ。そんな僕たちに、たくさんの人たちが何の得にもならないのに力を貸してくれる。いったいなぜだと思う」

「言われてみれば、不思議ですね。どうしてでしょうか」

「それはね、萬田自動車の創業者の思いが風土となって、脈々と受け継がれているからだよ。『新しい価値を生みだして、お客様に喜んでもらえ』って。こんな恵まれた状況で、力を貸してくれた人たちの思いやチームのみんなの熱い気持ちに応えずに途中で放り出すわけにはいかないだろう。『日本ミニバン』を世に出して多くのお客様に受け入れられない限り、みんなの努力に報いることができない」

織田は、自分に言い聞かせるように言った。

「いいですねー、そういうの。僕もいつか織田さんみたいにやりますから。お客様に喜んでもらえる新しい価値を持ったクルマ。見ててくださいよぉ〜」

「そうか。期待してるぞー」

二人はカチンとグラスを合わせて笑いながら乾杯した。

説明会

十一月に入ると、ようやく正式な「開発指示」を受け取った織田たちのチームは、晴れやかな気持ちで各分野の開発室課への説明会を開始した。開発規模や技術的難易度、日程などを知ってもらうのが目的だ。

最初に訪れたのは、織田自身とチームの中心メンバーである角谷、松崎、今井が所属する車体開発課である。

「部屋の壁は心の壁になる、壁はすべて取りはらえ」という創業者の意向にそってつくられた設計室は、企業規模の拡大とともに広くなり続けて、長辺が一キロにもなる広大なものになっていた。仕切りがないとはいえ開発者たちの熱気と製図用コンピュータの発する熱で、部屋の向こう端は霞んで見えない。数千人が働くこの巨大な部屋から、全世界に向けて次々と新たなクルマが生みだされていた。

設計席のほぼ中央にある車体開発課の会議室には、三十人ほどの管理職が集まって説明を待っていた。部屋中になにやら殺気立った雰囲気が立ち込めており、それを肌で感じた織田は、神経質になりながら説明を始めた。

「忙しい中をお集まりいただきありがとうございます。それでは、開発プロジェクトの概要を説明させていただきます」

「ちょっと待ってくれ。本当に説明するつもりなのか。今この場で、開発をやめると言ってくれよ」

最前列に陣取った管理職の一人が織田を睨みながら言った。

織田は、ぎくりとした。

ミニバン開発が追加されることでもっとも開発負荷が増えるのが、車体開発課だ。この課の管理職たちは、アメリカミニバン開発が中止になったと聞いたとき、これで少しは工数の逼迫から逃れられると喜んでいた。

ところが、正式に中止となったはずのアメリカミニバンの開発責任者である織田は、会社の自由な雰囲気をよいことに、アメリカミニバン開発のためにと各課が預けた貴重なリーダー格の設計者と共に、勝手に自分たちのつくりたい別のクルマを企画し、上司を丸め込んで正式な開発にまで持ち込んでしまった。彼らにはそうとしか見えなかったし、それがどうしても許せなかったのだ。

「すでに正式に開発指示が出ているので、私の一存で開発を中止することはできません。このまま説明を続けさせてもらってもよろしいですか」

織田は、すがるように開発課長のほうを向いた。

「説明を聞いてやってもいいが、こちらの要望はすべて呑んでもらうよ」

課長は銀縁メガネの奥の細い目に薄笑いを浮かべた。

何事もなかったかのように説明を始めたものの、織田は気が気ではなかった。この課に所属しているメンバーは動揺してはいないだろうか……。説明を進めながら角谷たち三人に目を向けると、それぞれこわばった表情ながらも俯くこともなく、説明用に映しだしたプロジェクター・スクリーンの画像を真っ直ぐに見ていた。

説明が終わると質疑に入った。

「このクルマの前側は、ブレシアを流用するということだな」

課長が念を押すように強い口調で尋ねた。

「そうです。ただ、サスペンションなどは車重増加分を補強して使うことになると思います」

「ブレーキ配管はどうするつもりだ」

「ブレシアとはデザインが変わります。車高を活かして部品の配置を変えたいので、変更になると思いますが……」

デザインが変わることを理解していないのかな……織田は、課長の質問を不思議に思った。

「部品の配置を変えてもらっては困る。配置を変えずに配管はブレシアのものをそのまま使ってくれ」

「エッ」

デザインの異なるブレシアとは部品の配置を見直すつもりでいた織田は驚いた。配管を変更しても、コストも投資もほとんど変化しないのだが……。

織田は、この理不尽とも思える要求の意図を考えながら、会議室に集まった管理職の顔を見回して答えた。

「分かりました。そうしましょう」

説明会を終えた織田たち四人は、食堂の片隅に集まっていた。

「それにしても、『開発をやめてくれ』には驚きましたね」

松崎が、怒りをかみしめるように言った。

「すまない。僕の進め方が強引すぎるから、ああいう反応になってしまったんだろう」

織田が三人に頭を下げると、松崎が明るい表情で答えた。

「いやいや、織田さんが悪いんじゃないですよ。管理職は工数のことで頭がいっぱいなんです。内容に反対しているわけではないと思いますよ」

「いちばん大事なのはお客様の評価ですから。それには自信があります」

今井が得意そうに言う。

「ところで、なんであんな要求を呑んだんですか」

ボディ設計の角谷は大いなる不満を抱いていた。

「配管のこと？」

「そうですよ。全高が高いから部品の配置を見直して、前側のバンパーの角を五〇ミリほどカットするつもりだったんですよ。デザインにも取り回しにもいいって、織田さんも喜んでたじゃないですか。忘れたんですか」

角谷は、話すにつれて悔しい気持ちが増しているようだ。

「もちろん覚えているよ」

「それだったら、なぜ圧力に負けるんですか」

「たしかに角谷君の言うとおりだけど、そもそも、なんで僕たちはこのクルマをつくっているんだっけ？」

「それは、お客様に新しい価値を提供するためですよ。運転が楽しく、移動が楽しいクルマをつくることです」

「だとしたら、バンパーコーナーの五〇ミリカットがなくなると、それができなくなるときみは思う?」

「そういうわけじゃありませんが……そのほうがいいに決まってます」

「多くの人たちと仕事をしているんだから、すべてを自分たちの理想どおりにはできないんだよ、残念だけど。角谷君が言うように、諦めるには本当に惜しい事柄だけど、ブレーキ設計出身の課長の気持ちを繋ぎ留めておくためには止むを得ないと感じたんだ。工場での組み立て性や販売店でのメンテナンス性を考えながらブレーキ配管を決めるには多大な労力がかかる。それが嫌だったんだと思うよ。ましてや、みんなの前で要求したんだから、彼も引っ込みがつかないだろう」

「打算ですね」

角谷は、まだ不服そうだった。

「『皮は切らせろ、時には骨も切らせろ、背骨は切られるな』だよ」

「何ですか、それは」

「自分でつくった格言だよ。今回のは、『骨』だ」

「『骨』ですか?」

角谷は、キツネにつままれたように目をきょとんとさせた。

スライドドア

年が改まって、しばらく経った寒さの厳しい日に、織田たちは、役員報告会に臨んでいた。開発が正式になり、要所要所で事業担当役員の大久保利雄による確認と承認が必要となった。大久保は事業部長である石原の上司だ。

大久保は、初めて聞く織田の説明に苛立った。

「ディーゼルは仕方ないにしても、どうしてスライドドアにしないんだ。なんとか国内営業に認めてもらいたいと思わないのか」

ワンボックス市場では、ディーゼルが七五％、スライドドアが一〇〇％で、「日本ミニバン」はことごとくこれに反する。このことが国内営業の「日本ミニバン」導入反対理由の根幹をなしていた。

「このクルマには乗用車の佇まいが大切だと思っています」

「佇まい？　そんなものはデザイン力で補えばいい。国内営業を味方にしたくないのかと聞いているんだ」

デザイン出身の大久保の言葉には説得力があった。

「味方にしたくないわけではありません。私はこのクルマを国内でも販売するつもりで開発しているのですから」

「だが、国内営業はこんなもの要らないと言っているんだぞ」

「必ず説得して分かってもらうようにします」

織田は必死に答えた。

「とにかくスライドドアにしろ。そうしないなら、これ以上話を聞く気はない」

織田は、設計室にある自分の席に座って考え込んでいた。会議がいつ終わり、どうやってここまで辿り着いたかは、よく覚えていなかった。

スライドドアにしないと前に進ませない、か……。チームのメンバーたちと議論を重ねに重ねて理想のクルマを追求してきた織田は、開発が正式になったことで受ける強い束縛に戸惑っていた。

夜遅く自宅に向けて運転しながら、織田は考え続けていた。ようやくここまでこぎ着けたのに、ドア形式のせいで開発中止にさせるわけにはいかない。考えあぐねるなかで、織田はある出来事を思いだしていた。

国内トップメーカーがRVニーズ向けに投入した高級ワンボックスを借りて都内の有名ホテルに出かけたときのことだ。ホテルの入り口付近に空きスペースを見つけて駐車しようとバックを始めたところ「ピッピ、ピッピ、ピッピー」と、どこからか激しい笛の音が聞こえた。音のするほうを見ると、警備員が長い赤色灯を振り回しながらこっちに駆け寄ってくるのが見えた。

「何ですか」

織田は不可解な面持ちでドアガラスを下げた。

「こんなクルマを入り口近くに駐車してもらっちゃ困るんだよ。建物の裏に駐車場があるから、そっちに回してもらえる」

警備員は息を切らせながら迷惑そうに言うと、織田の言い分を聞こうともせずに赤色灯を振って誘導を始めた。

こんなクルマ？　織田は不満だった。たしかにホテルによっては、入り口前の限られたスペースにこれ見よがしに上客の高級車をズラリと並べ、一般のクルマは全く別の駐車場というところもある。しかし、このホテルの場合、建物の前は広い駐車場になっていて、クルマの車格によって選別されている様子はない。なぜなら、駐車してあるクルマの大半が大衆セダンで、それらに比べると織田が乗っている高級ワンボックスのほうが車格的にはずっと上のはずなのだ。選別があるとすれば、商用車は裏の駐車場ということだけのようだ。

　ワンボックスは商用車という固定観念は予想以上に強固なものなのだな。スライドドアのほうが便利な場合があることも否定できないが、いまだにセダンが主流の日本では商用車イメージにつながる恐れがある。セダンの佇まいを大切にして、乗用車ユーザーが乗り換えやすいクルマにしないと……織田はこのとき強くそう感じたのだった。

　それが分かっていながら、外圧に屈してスライドドアを選択することは、チームのみんなと創り上げたビジョンに対する忠実性を損なうことになる。自らを欺きチームのみんなの信頼を裏切ること、それだけは絶対にできない！

　織田は腹を決めた。

「ブッブーッ」

　後方からクラクションが鳴った。

　深夜の踏切で一旦停止し、考えにふけるあまりずっと停止したままだったのだ。ハッと我に返り、慌ててクルマを発進させた。

　翌日、会議室にはチームメンバーが集まっていた。織田は大久保との面談内容を整理して伝えると、意を決して切りだした。

「昨日の大久保さんへの報告を踏まえると、国内営業がスライドドアにこだわっている以上、リアドアをヒンジドアからスライドドアに変更した場合にどうなるか検討せざるを得ないんだよ」

セダンの佇まいを大切にしてきた織田の突然の提案に、みんなは驚いた。

「角谷君、二週間ぐらいでレイアウト図をつくれるかな」

「やってみます」

角谷の表情は硬かった。

いつもの活発な議論は始まらず、会議室の中はシーンと静まり返ってしまった。

「織田さん、食堂に行きましょう」

その状況を見かねて、麻野がそっと織田に声をかけた。


食堂の片隅で織田と麻野は向かい合って座っていた。

「織田さんは、私たちのクルマをワンボックスの出来損ないにする気ですか」

麻野の口調は遠慮がちだが不満に満ちていた。

「私はワンボックスにすり寄ることには絶対反対です。セダンの佇まいを活かしてこそ、このクルマの活路が見出せるんじゃないでしょうか」

織田は、麻野が強い信念と情熱を持って話してくれていることが嬉しかった。

「僕もそう信じているよ。ただ、検討してみようと言っているだけだよ」

織田はそう言うと席を立った。「大久保さんを説得する資料をつくるためだよ」と喉まで出かかったが、それを伝えると検討が甘くなる恐れがある。本気で検討した内容でないと大久保を説得できないだろうと織田は考えていた。


二週間後の朝、織田たちはモデル横の机の周りにいつものように集まっていた。すると、そこに数人の男たちがやってきた。

どうやら、織田の決断を促そうと、事業担当役員の大久保が、部下である企画室のメンバーに指示したようだ。

「きみたちは企画の素人だから知らないと思うが、商品企画にはいろいろと解析手法があるんだ」

丸刈りの、いちばん賢そうな一人が話しはじめた。

「このクルマのドア形式の場合、DA手法を使えば簡単に決められる。ああ、念のために言っておくが、DAとはディシジョン・アナリシスのことだ」

そう言うと、置いてあったホワイトボードに表を描きはじめた。

「まず表の縦にドア形式、この場合はヒンジドアとスライドドア。表の横に必要特性、たとえばRVらしさというか非日常性、乗降性、荷物の搬入搬出性、ドア開閉のしやすさ……それぐらいかな。まず、優劣の点数をつけて、それに何が大事かの重みづけ係数を決めて乗じる」

ホワイトボードの表はあっという間に数値が埋められ、計算結果が記入された。

「誰にでも分かるすごく簡単な計算だよ。答えはスライドドアだ。われわれの意見を採用するかどうかはきみらの自由だが、プロの目から見るとそういう結論だということだ」

彼らもここに来たのは本意ではないらしく、織田たちと議論する気もないといった風情で、説明を済ませるとそそくさと立ち去っていった。

突然やってきた一陣の風のような彼らの訪問に驚いた織田たちは、呆然としてその後ろ姿を見送った。

「企画のプロから見るとそういうことらしいが……結論はわれわれで見出そう」

気を取り直して織田が口を開くと、みんなは不安そうに彼のほうを向いた。

「角谷君、スライドドアのレイアウト図はできたかな」

「ええ。まあ、なんとか……」

角谷は、織田の目を見ずにおどおどした様子で答えた。

「三浦君、角谷君と協力して、スライドドアにした場合のスケッチを描いてもらえるかな。沢原さんはスライドドアのレールの出っ張りを、取り外し可能な状態でインテリアモデルに反映してほしいのだけど」

三浦と沢原が頷いた。

「ワンボックスを一台、モデルの横に持ってくるから、それを参考にしながらやってみよう」

そう言って織田はデザイン室から出ていった。

開発チームの面々は織田の真意を計りかねて不安だった。


「スライドドアは上下二本と中央に一本レールがあるから、レール部分に、横から見ると水平な三本の線が必要になる。したがって、ウエッジの効いたデザインや、ドアの開口部を曲線にしてボディの面の滑らかな流れの中に溶け込ませることが難しい。このスケッチでは中央のレールをこれまでのスケッチに足しただけだから、僕の言ったことを反映してフォルム全体を見直してくれないか」

三浦が持ってきたスケッチを見ながら織田が注文をつけた。織田は入社したばかりのころにスライドドアの設計に携わったことがあったので、スライドドア化がクルマ全体にどのような影響を及ぼすかを大まかに把握していた。

織田の言葉を理解して、三浦はすぐにスケッチの修正を始めた。

しばらくして、沢原がインテリアモデルの修正を終えた。

「上側のレールは案外室内に出っ張るんだね。われわれのクルマはワンボックスと違ってドア開口より床が低く、掃き出しになっていない。だから、ワンボックスで床下に収まっている下側のレールが室内に出っ張るんだよ。それも表現してもらえるかな」

「分かりました。もう一度、ワンボックスと対比してみます」

織田の言葉に、沢原は素直に応じた。


「みんな、どう思う?」

完成したスケッチを見ながら織田はみんなに聞いた。

「ワンボックスに似てきましたね。ボクシーな感じで機能的なクルマというイメージです」

これはこれで面白い、と若い今井は思ったようだ。

「この路線で行くなら、もっと全高を高くして思いっきりボクシーにしないと、中途半端に感じます」

麻野は不満げだ。

「こういう方向に行くなら、コンセプト全体を見直さないと。乗用車の佇まいからは離れていく方向ですね。それに、インテリアモデルで、二列目の席の足元がデコボコするのも気になります」

沢原も気に入らないようだ。

「三浦君はどう？」

「僕は、うちのクルマらしくスポーティなデザインにしたいです。現状でも室内スペースと工場制約のはざまでそれが十分表現できなくて困っているところなのに、スライドドアを採用するとなると、まったく壊滅状態といった感じです」

エクステリア担当の三浦は悲痛な表情で訴えた。

「僕もみんなの意見に同感だ」

織田は予想していたとおりの結論に満足していた。

「みんな、ありがとう。寄り道をさせて申しわけなかった。いや、実はね、デザインの制約やレールの出っ張りなど、スライドドア化は単なる記号としてだけではなくて、クルマ全体の成り立ちに大きく影響するということを念のために確認しておきたかったんだ。これで、確信が持てたよ」

織田がそう言うと、みんなの目に安堵の色がよみがえった。

織田はさっそく、エクステリアのスケッチとインテリアモデルのレール部の写真を持って本社に大久保を訪ね、丁寧にスライドドア化による影響を説明した。

大久保は腕を組んで押し黙ったまま、じっとスケッチを見比べていた。

絶対的権力者である創業者と意見が食い違った場合でも自らのデザインを守り抜いてきたといわれる大久保である。この新しい乗り物のあるべきカタチを見通すだけの鋭い眼力は、もちろん備えている。

沈黙の時間がとても長いものに感じられて、織田は息が詰まりそうだった。

織田が、ヒンジドアを再度拒絶された場合の対応策を考えだしたころ、ようやく大久保が沈黙を破った。

「分かった。ドア形式は今のままにしよう。国内営業の説得については、私が別の方法を考えてみる」

華

開発は、いよいよ机上検討からデザインを決める段階に入っていた。

先行車に使っていたデザインは検討を進めるための仮のもので、正式なデザインはいくつも作成されたスケッチの中から最良のものを選定して立体化する。デザイナーの三浦と数人のモデラーが、スケッチをもとに今までに経験したことのない巨大な粘土の塊と二か月近く格闘を続け、やがて実寸大のクルマの姿が現れはじめた。

「思ったより大きくて重そうに感じるね」

作業を見守っていた織田は、非力なエンジンを思うと不安だった。

「粘土モデルは窓が抜けていないので、余計そう感じるんですよ」

三浦は粘土の詰まった窓の部分を指さした。

「これが実車になって街を走ると思うと、ワクワクしちゃいますね」

いつの間にか織田の傍らに立っていた今井が目を輝かせた。

「そうだね」

フルスケールのエクステリアとインテリア粘土モデルの出来栄えに、織田たちは満足していた。先行車で確認したスポーティな走りとこのデザインが合体すれば、間違いなく自分たちの理想のクルマになる。

蒸し蒸しとした七月のある日、織田たちは、自信満々で大久保のデザイン確認会に臨んだ。

しかし、デザインを見た大久保の第一声は意外なものだった。

「このクルマには華がない」

「華……ですか？」

「そうだ。だいたい、きみもデザインの三浦君も真面目すぎる。いかにも真面目な人間が一生懸命つくりました、という感じで、つまらない」

「そうですか。私もチームのみんなもとても気に入っているのですが」

「それは単なる自己満足だよ。それではお客様の心を打つことはできない」

　自信を持って臨んだ報告会が不調に終わり、織田は心底がっかりした。それでも、開発中止というわけではない。なんとか気を取り直し、エクステリア担当の三浦とインテリア担当の沢原を呼んで話を始めた。

「華って何だろう」

　雲をつかむような大久保の指示に、どう進めればいいのか、織田にはまったくアイデアが湧かなかった。

「三浦君はアイデアあるかな」

「提示したモデルはできたばかりなので、まだ直したいところはたくさんありますが……それが華につながるかどうか分かりません」

「細部ではなく、デザインの骨格が気に食わないような口ぶりだったね。沢原さんはどう思う？」

「華といえば、『風姿花伝』にヒントがあるかも」

沢原は得意げだった。

「能の？」

「そうです、世阿弥が書いた。私、持ってます。いま取ってきますから、ちょっと待っていてください」

自分の席から戻ってきた沢原は一冊の本を手にしていた。

「『風姿花伝』に花という言葉は何度も出てきますが、第三、問答条々下に『……たとひ、随分極めたる上手・名人なりとも、この花の公案なからん為手は、上手にて通るとも、花は後まであるまじきなり。公案を極めたらん上手は、たとへ、能は下がるとも、花は残るべし。……』とあります。また、第七、別紙口伝に『……花と、面白きと、珍しきと、これ三つは、同じ心なり。……ただし、様あり。珍しきといへばとて、世になき風体をし出だすにてはあるべからず。花伝に出だす所の条々を悉く稽古し終りて、さて、申楽をせん時に、その物数を用々に従ひて、取り出だすべし。……習ひ覚えつる品々を極めぬれば、時・折節の当世を心得て、時の人の好みの品によりて、その風体を取り出だす、……』と」

「沢原さんは若いのに勉強家だね」

「クリエーターとしての基礎教養です」

すまして答える沢原の目が笑っている。

「なるほど。その本、明日まで貸してもらえないかな」

「どうぞ」

沢原は、にっこり笑って本を差し出した。

「ありがとう。じゃあ、続きは明日の朝ということにしよう」


「沢原さん、これ、ありがとう」

次の日の朝、本を手渡すと、織田は三浦に言った。

「このデザインはバランスよくまとまっているけど、新奇性が欠けているということなんじゃないかな。このクルマにもっと未来感を与えるとしたら、三浦君はどうしたい？」

「できれば今のクラッシイなイメージを保ちつつ、モノフォルム方向に見直したいですね。フロントウインドをもっともっと傾けて。でも、構造上はこれが限界と聞いています」

「みんなはコストが上がることを警戒しているんだよ。制約を気にしないで、どこまでフロントウインドを傾けるとモノフォルムに見えるか、やってみよう」

側面図のウインド部分に黒いテープを貼り、下側を少しずつ動かしながら三人で確認した。

「見慣れたセダンのバランスから脱却するためには、どうしてもウインド下端を三〇〇ミリは動かさないとダメなようだね。投資を抑えて安くつくるのを目標にしてきたけど、ここには少しお金をかけようか」

織田はチームのメンバー全員に事情を説明した。

「大変そうですが、デザインがよくなるならやりましょう」

変更箇所が多くなるボディ設計の角谷が先陣を切って快く賛同してくれたおかげで、検討はスムーズに進んだ。

三角窓の追加、ワイパー方式の見直しなど、大きな変更を要しはするものの、技術的には成立することを確認して粘土モデルの改修に入った。

完成に近づくにつれて、粘土モデルから新しい乗り物の香りが漂いはじめた。

粘土屑だらけのモデル周辺をきれいに掃除して、再度、大久保の確認を持った。

デザイン室に入ってきた大久保は、妖気と威厳を帯びていた。

鋭い目つきで、リファインされた粘土モデルに近づいたり離れたりを繰り返しながら確認を始めた。

モデルの周りをゆっくり移動する大久保の動きが止まったころを見計らって、織田はそっと大久保に近づいた。

「このデザインで先に進んでいいですか」

「まあ、そう急かすな。三浦君、ちょっと来なさい」

不安そうに待機していたデザイナーの三浦を呼んで、大久保はモデルのあちこちを指さしながら指示を始めた。

確認が終わると、一同は会議室に入った。

メンバーたちは息を殺してじっと大久保の言葉を待っていた。

「まあ、よしとするか」

「ありがとうございます！」

みんな大きく息をつき、満面の笑みで互いの顔を見合った。

「あとは細部まで気を抜かずに仕上げることだな」

大久保は、この新しいカタチの乗り物が、市場で受け入れられる予感を感じはじめていた。

昼食

デザインが決まり、いよいよ量産図面の設計段階に入った。

今までの先行車用の図面とは異なり、実際に販売するクルマのデザイン・仕様で図面が作図され、それをもとに作られる試作車で数年かけてさまざまな性能試験と生産性の確認を行う。作図には数百人の設計者が必要だった。

これを機に、開発態勢も強化された。

開発チームには、織田を補佐して設計部門を取りまとめる坂東隆司と、車輛試験をまとめる荒木雅夫が新たに加わった。坂東は、サーガ開発で織田の後任を務めた人物であり、一方の荒木は、織田より年上のベテランで、車輛試験のすべてに精通した人物だ。どちらも、開発センターきっての優秀な人材だったので、開発はスムーズに進みはじめた。

生産部門では、米国のミニバン販売が堅調に推移したことで貿易圧力が弱まり、埼玉工場が生産工場と正式に決定した。一方で、まとめ役としては先行検討に力を貸してくれた生産技術の大澤紘一の手を離れて、工場長級の人物である原島浩男が担当することになった。

木枯らしが秋の終わりを告げるころ、織田は自席で、国内営業の説得をどう進めようかと考えあぐねていた。事業担当役員の大久保に下駄を預ける形で、営業が強く要求したスライドドア化を断ったこともあり、次の一手が見つからないままなのだ。試作車を見てもらうしかないのかな……先行車のときのようにポンコツと言われることもないだろうし、と思いを巡らしているところへ、角谷が血相を変えて駆け込んできた。

「大変です。車体開発課課長が床下収納シートはやらせないと言ってます」

「えっ」

「図面確認会です。すぐに来てください」

織田は角谷と共に、以前開発中止を要求された苦い思い出のある車体開発課の会議室に急いだ。

図面が完成すると、試作車の制作に入る前に、各部門の管理職が中心となって、図面に不具合が含まれないかをチェックする。そして、重要な案件は課長に打ち上げられ判断を仰ぐことになっていた。

「いったいどういうことですか」

織田はやや声を荒らげて課長に問い質した。

「設計マニュアル違反だ」

「どこがですか」

「きみ、言ってやりなさい」

課長の言葉に、一人の若い設計者が得意げにマニュアルの該当箇所を読み上げた。

「……フロアーフレームの屈曲部については、溶接ピッチを三〇ミリとする……。このクルマの場合は三二ミリあり、二ミリのマニュアル違反です」

通常のクルマと異なり、シートを床下に収納するこのクルマでは、フロアーフレームが大きく左右に曲げられていた。溶接ピッチを規定の三〇ミリにしようとすると、左右二本のフレームのフランジ部を伸ばす必要があり、結果としてシートの幅を一〇ミリ程度狭めることになる。そうすると、三列目のシートが二人掛けであると認められるのに必要な寸法が不足して、三列目が一人掛けになってしまう可能性があった。一人掛けでは商品にならないので、床下収納シート自体を諦めるしかないことになる。

「聞いてのとおりだ。マニュアル違反である以上、一人掛けにするか、床下収納シートはやめてもらう」

「ちょっと待ってください」

織田は急いで問題の図面とマニュアルを自分の目で確認した。

「このマニュアルはフロアーフレームが上下に屈曲する部分のことを指しています。セダンでは後席の足元で大きな段差があるためです。しかし、われわれのクルマの場合は、ウォークスルーを採用しているのでフロアーを平らにしていますから、この段差はありません。その代わり、床下収納シートの影響でフロアーフレームが左右に屈曲しています。マニュアルは左右の屈曲を指しているわけではないと思います。ただ、屈曲部では強度が低下しがちなので、テストピースによる強度試験をさせていただけませんか。強度試験を合格できれば問題ないはずです。私が量産まできちんと見届けますので、なんとかこのまま進めさせていただけないでしょうか」

「強度試験なんて論外だよ。マニュアル違反はマニュアル違反だ」

織田は懸命に説明したが、課長はまったく聞く耳を持たない。織田は、なにか言ってくれ……と懇願するように若者の上司のほうを見た。織田はこの課出身なので、その上司は元同僚なのである。

しかし、課長の見幕に圧倒されたらしく、彼は口をつぐんだままだった。

「いずれにしても、この件は私に預からせてください」

織田はそう言っていったん引き下がるしかなかった。

「難しすぎる」と途方に暮れる角谷に、チームのみんなも同情して採用を諦めかけた経緯のある床下収納シートである。「日本ミニバン」にとって大切なアイテムであることはもちろんだが、困難を承知で開発を引き受けてくれている角谷と松崎に、外圧に屈してやめることにしたと言える道理がない。必ず解決してみせる……織田は心に誓った。

次の日から、織田は食事の場所と時間を変えた。

開発が正式となり所属が開発責任者室に替わってからは、織田は情報収集を兼ねて他の開発責任者たちと一緒に食事を取っていた。食事時間は二シフトになっているうえ広い食堂が三つあるため、以前のように車体開発の管理職たちと一緒に食事することはなくなっていた。

「あれ、どうしたの。開発責任者はクビになったの？」

しばらくぶりに織田を見た車体開発課の一人が茶化した。

「いや。やっぱりこっちが落ち着くね」

織田の言葉に、当初みんなの反応は冷ややかだった。

しかし、一か月ほどもすると、織田は以前のようにすっかり打ち解けて、車体開発課の同僚たちと冗談を言いながら食事をすることができるようになっていた。織田は、車体開発課に大幅な開発負荷増をもたらした罪人ではなく、長年同じ釜の飯を食った仲間に戻ったのだ。

そんなある日、織田はあたかも雑談のようにして、床下収納の話を持ちだしてみた。

「例の床下収納シート部分のフレームだけど、先行で強度試験できないかな。板厚や材料で工夫すれば問題ないと思うんだけど」

「そうだね。大丈夫だと思うよ。フレームのテストピースをつくって試験してみるよ」

先日マニュアル違反を唱えていた若者の上司がそう言って同意してくれた。彼は図面確認会でなにも言わなかったことに気が咎めはじめていたようだった。

仲間か、そうでないかで、人の対応は変化するものだ、と織田は改めて実感した。

強度試験は余裕を持って合格だったので、さしもの車体開発課長も床下収納シートを承認せざるを得なかった。

新型セダン

織田は粘り強く説得を繰り返したが、年末になっても国内営業の反応は冷たいままだった。

部長たちの意見もさることながら、マーケティング手法に長けた企画部門のプロたちがどう計算してみても、マーケットシェアはほとんど獲得できないのだ。大久保の指示で実施されたコンジョイント分析によるマインドシェア計測でも結果は思わしくなかった。

このままでは、国内向けの右ハンドル車の開発がワンテンポ遅れてしまう。焦りを感じた織田は、考えた末に本社に出向いた。見切り発車で右ハンドルのクルマを開発させてもらえないか、と思いきって事業部に相談してみようと思ったのだ。

「うーん、仕方ない。私の一存で進めるか」

事業担当役員である大久保の一言はありがたかった。

事業部の部員たちの話では、大久保は吉村敏行副社長に相談して内諾を得ているようだった。オハイオ工場で工場長として織田に優しい言葉をかけてくれた吉村は、その後日本に戻り、副社長として国内の生産・販売等を統括する役割を担っていた。

会議が終わりホッとしていたところに、設計部門の取りまとめ役である坂東隆司から電話が入った。

「もしもし、出張中申しわけない。今ちょっと、いいですか」

なにか起こったな……織田は嫌な予感がした。

「図面作成のさなかに、設計者がどんどん引き抜かれています。このままでは期限内に図面が出せません」

まさか……織田は自分の耳を疑った。

「理由は？」

「分かりません。織田さんがなにかご存じかと思って電話させてもらったんです」

「分かった。調べてみるから、騒がずに粛々と作業を続けてください」

車体開発課長の一存でできることではないな……織田は直感でそう思った。

すぐに開発センターに連絡して、設計部長の伊達に電話を繋いでもらった。

「伊達さんは、私のプロジェクトから設計者が次々に引き抜かれている件をご存じですか」

織田は単刀直入に聞いた。

「ああ、その件か。心当たりがなくはない」

織田の直感は当たっていた。

「開発日程は伊達さんのご承認を得ているわけですが、その日程が守れなくてもいいとお考えなのでしょうか」

織田は強い憤りを抑えて、努めて冷静に話した。

「いろいろ事情があってね」

「今は出先ですので、明日、時間を取っていただけますか」

「昼休みなら空いているが」

「それでは、昼休みに席に伺います」

ようやくうまく進みだしたのに、どうして前進させてくれない……受話器を置いた織田は叫びだしたい心境だった。


翌日の昼食時間、織田が伊達部長の席に赴くと、車体開発課長が先になにやら相談しているようだった。

「忙しいところをすみません。で、どういうことですか」

織田は開発課長を睨んだ。

「こっちはきみのプロジェクトだけやっているわけじゃないんだよ。まあ、そういきり立つな」

課長が、なだめるように言った。

「設計者が足りないのは分かっています。しかし、みんな計画に基づいて仕事しているので、急に人を減らされると現場が混乱するじゃないですか」

織田は思わず声を荒らげた。

「分かった、分かった。織田君が怒るのはもっともだ。この件は私が新たな案件を依頼したから起こったことなんだ」

　伊達が困った様子で割って入った。

「どういうことですか」

「国内販売が不振に陥っているのは、きみも知っているだろう？」

「ええ。だからこそ一日でも早く『日本ミニバン』を投入しようと頑張っているんです。」

「しかし、国内営業はそう思ってはいないんだろ？」

「残念ながらそうですが……」

　痛いところを突かれ、織田は言葉を詰まらせた。

「そうすると次の一手は、確実に台数の見込める新型セダンの投入となっても仕方ないことだよね」

「またセダンを出すんですか」

「不満だろうが、それは君が判断することではない。会社としてそういう方向に動きだしているということだ」

　織田は目の前が真っ暗になって言葉が出なかった。

「そこで、私のほうから、新型セダンを可能な限り早く開発するための検討を各部門に依頼してあるんだよ。結果として織田君のクルマにしわ寄せが行ったということだ」

しばらくして、「日本ミニバン」の開発日程を数か月遅らせる旨の正式な指示が織田のもとに届いた。

「悪いね。先にやらせてもらうよ」

新たに指名された新型セダンの開発責任者が、冗談めかして織田に言った。

「頑張っていいクルマをつくってください」

織田はなんとか笑顔をつくって応えたのだが、もしも新型セダン開発の決定がもう少し早かったら、「日本ミニバン」は中止になっていたのかもしれないと思うとゾッとした。

部品活用

年が明けて一九九三年になった。大幅に設計者を減らされたチームは、喘ぎながら開発を続けていた。

ある日、織田はみんなをデザイン室に集めた。

　メンバーたちはいつものように、モデルの横に置かれた作業机を取り囲んでガヤガヤ議論をしていた。そこへ、大きな段ボールを抱えた織田がやってきた。

「これを使ってもらえないかな……」

　段ボールを机の上に置きながら、織田は悪戯っぽく言った。

「何ですか」

　と言って松崎が箱の中を覗くと、中にはたくさんの部品が入っていた。

「これをモデルに埋め込んでもらいたいんだ」

　織田の言葉に、デザイナーの三浦と沢原が慌てて中身を取り出した。

「このスイッチやオーディオやドアハンドルを粘土モデルに埋め込めと？」

　それまで穏やかだったインテリア担当の沢原の表情がにわかに厳しくなった。

「われわれのクルマは、持ち家のローンや教育費などによる支出の多い子育て期の家族のためのものだから、価格をなるべく低く抑えたいんだ。それに、流用すれば図面も描かなくていい」

　織田の提案は、開発工数不足を逆手にとったものだった。

「これまで、非公式のクルマをなんとか認めてもらうために工場投資も抑え、既存のクルマのエンジンやフロントサスペンションなどの大物部品を流用して、見た目には新ジャンルだが中身は五〇％以上の部品を流用するという手法を取ってきた。公認になったとはいえ、これからも手綱を緩めることなく、細部にわたって徹底的に既存部品を活用したいんだ」

「織田さん、何を突然言いだすんですか！　新ジャンルらしい新しい感覚のインテリアにしたいので、スイッチはもちろんのこと、オーディオやエアコンの操作部も新デザインにしようと進めてきたんですよ！」

沢原は織田に怒りをぶつけた。

「沢原さんのデザインは素晴らしいと思ってるよ。デザイン骨格が優れているから、スイッチやオーディオが流用でも、その部分だけリファインすれば、新感覚は失われないんじゃないかな」

「沢原さん、工夫すればなんとかなりますよ。一緒に考えましょう」

内装設計の松崎も、織田の趣旨を理解して賛同した。

「そりゃあ私だって、売価が上がるのは嫌だから、工夫してはみますけど……」

沢原は、しぶしぶ従うことにした。

「みんなもそれぞれの分野のプロだから、自分の担当部分を少しでもよくしたいと思ってくれているはずだ。もちろん、それはとても大切なことだ。ただ、常にお客様にとっての価値、つまり性能と、コストとのバランスを考えてほしいんだ。これからもこういう局面は何度もあると思う。クルマが水ぶくれにならないように気をつけて開発を進めよう」

織田の言葉を聞いたボディ設計の角谷が、不安げな面持ちでおずおずと話を始めた。

「さっそくですが、足を置くトーボードはベースとなるブレシアのものを流用しようと考えていたのですが、このクルマの着座位置がブレシアに比べて高いので、助手席の乗員の足首がつま先上がりになってしまいます。それじゃあ長時間の移動では足首が疲れるから、トーボードは新作にしたいのですが……」

「トーボードか。それを変えると、結合されている骨格部品も変更になるね。投資はざっと見積もって五億円ってとこかな」

「そうなんです。で、お客様の足首疲労対策で五億円はと迷ってしまって……」

角谷の言葉に、みんなは代わる代わるモデルに乗って確認を始めた。

「なるほど、ずっと乗っていると疲れそうですね。床の平らな部分に足を置けば問題ないですが……」

麻野が心配そうに言った。

「しかし、五億円は大きいですね。コストにすると五千円くらいでしょうか。相当いろんな部分の価値向上にも、逆に売価ダウンにも使える金額ですよね」

設計部門取りまとめ役の坂東も不安そうだった。

「五億を使わず、足首も疲れない方法はないかな」

「それがあれば相談しませんよ」

織田の言葉に、角谷がすぐさま反応した。

「そうかな。トーボードに三角形のスペーサーを入れたらどうだろう。それなら百円もかからないし、空いたスペースで必要なら骨格補強もできる」

織田は、レイアウト図に鉛筆で線を描きながら説明した。

「なるほど。それなら、大物部品を変更しないでもすみますね。工数的にも圧倒的に楽になるな。そうさせてください」

「お前、よく考えてから織田さんに相談しろよ」

麻野の言葉に照れくさそうに頭をかく角谷の姿が、みんなの笑いを誘った。

V

歓　喜

昼休みの乗客

梅雨のころになると、予定より大幅に遅れて試作初号機が完成した。織田は先行車のときと同様に、進水式まがいのセレモニーを行った。

クルマの周りをぐるりと取り囲んだチームメンバーは、織田の合図で紙コップを掲げ、乾杯！　と高らかに叫んだ。紙コップには、日本国内で売れますようにとの願いを込めて、シャンパンの代わりに日本酒が注がれていた。

今井は、嬉しそうな顔をして、サスペンションに日本酒をかけた。

麻野は、トルク不足解消のいいアイデアが出ますようにと、エンジンにかけていた。

角谷と松崎は、先行車では予算の都合で省略していた床下収納シートを、バタンバタンと何度も出し入れしていた。

「やっぱり、やってよかったなー！」

松崎が言うと、

「あたりまえだよ！」

と角谷が答えたので、松崎が角谷を肘で小突き、顔を見合わせて笑った。

希望と不安が入り混じっていた先行車のときと異なり、みんなの表情は希望に満ちて明るかった。

試作車を使ったテストが本格的に始まると、織田は昼休みのたびに車輌保管室に通った。

この体育館のような広い部屋では、開発中のすべての試作車が、機密を守るためシートをかけられて出番を待っている。

織田の関心は、休み時間を利用してクルマを見物に来る人たちにあった。見物人がいないようなクルマは、従業員さえ興味を抱かないクルマということだから、当然売れるわけがない。

さいわいなことに、ミニバンの周りには人だかりができていた。

織田がみんなの反応を見ようと、見物客に交じって話を聞いていると、それは快いものばかりではなかった。

「なんだ、このシート。ようやく買いたいクルマができそうだと喜んでいたのに」

その男性は、二列目のシートがウォークスルーのために独立していることが気に食わないようだ。

「三人目の子供が三列目にしか乗れないなら、セダンを買ったほうがましだよ」

「そうだよな。こんなシートだと、子供が寝たとき横に落ちるじゃないか。ワンボックスなら、シートをフラットにしてベッドみたいにできるのにさ」

当時、チャイルドシートはまったく普及しておらず、二列目の独立シートは小さい子供が寝るには不向きだったのだ。

ＳＦ好きの織田は、子供のころに「宇宙家族ロビンソン」というアメリカのテレビドラマをよく観ていた。ドラマに登場する宇宙探検車「チャリオット」は、さまざまな困難から家族を守る大切な乗り物で、シートはすべて独立シートになっていた。織田にとっての家族移動車は、アメリカミニバン以上に「チャリオット」のイメージが強かったのだ。

独立シートに対して不評の声が多いことに気がついた織田は、小学生の子供が二人という自分の家族を念頭に置いて考えていたことを反省した。

ほかにも、フロントグリルが車体と同色であることやアンテナの形状など、仕様がアメリカ市場向けになっていることに不評が集まっていた。

この点についてはチームメンバーも同様に感じていたのだが、アメリカではコンパクトな部類に入る「日本ミニバン」にクロームグリルは似合わないから車体と同色に、また、駐車してあるクルマのピラーアンテナを折るのが若者の間で流行っているからフェンダーねじ込み式の脱着可能なアンテナにしてほしい。というのがアメリカ営業の要求だった。一方で国内営業の厳しい態度が、日本向けに専用部品を作ることを難しくしていたのだった。

チームはこうした社内の潜在ユーザーの反応をよくよく吟味し、議論し、必要と判断したものは極力反映させるべく奮闘した。

「わが社に要らないクルマに、これ以上余計な開発をさせないでくれ」

織田は、車体開発課長に罵られながらも粘り強く交渉を重ね、最後には、「もうこれ以上、仕様を増やしません」という念書を書くことでなんとか合意を取りつけたのだった。

こうして、ベンチシート仕様がバリエーションに加わり、日本向け専用にクロームグリルとピラーアンテナが採用された。

工場投資

曇天続きで青空が恋しくなるような夏の日、コストと投資に関する役員への中間報告の準備を進めていた織田のもとに、生産部門の取りまとめ役である埼玉工場の原島から電話が入った。

「織田さんがうちの大澤君と検討していた投資の数字が大きくズレてきているんだが、どうなんだろう。最新の数字で役員に報告してもいいのかな」

「ちょっと待ってください。いったいどれくらいズレているんですか」

「ざっと見たところで、百億くらいかな」

織田は数値を聞いて自分の耳を疑った。

「えっ、百億？　今、百億とおっしゃいましたか」

「そうだ。百億だ」

「どうしてそんなにもズレたんでしょうか。原因は分かっているんですか」

「原因の一つ目は、現状デザインでは既存の塗装ラインで生産できないこと。二つ目は、サイズに関しては投資を見積もってあるが、重量増加についての検討がなされていなかったこと」

「つまり、新たに塗装ラインの新設投資が加わっているんですか」

「そうだ。現状ラインを流動できないから仕方ない」

「なるほど。それなら納得できました。塗装ラインは変更せずに生産できるよう、クルマサイドで対応しますので、明日にでも塗装担当の方に開発センターのデザイン室に来てもらえるように調整していただけないでしょうか」

「分かった、了解した」

「それから、重量増については、私もサイズに気を取られて見落としていました。申しわけありません。投資が必要な箇所のリストを送っていただければ、事前検討してから生産ラインを実際に確認させていただきます。よろしくお願いします」

次の日の朝、デザインモデルを前にして塗装担当者と開発チームの打ち合わせが始まった。

「今までの検討と、なにか事情が変わったのでしょうか」

織田は塗装担当者に聞いた。

「塗装ラインでは、ボディを載せたハンガーを吊すレールが大きく上下に曲がっていることはご存じですね」

「ええ、もちろん。でも、それは反映してデザインしてあるはずですが」

織田は解せなかった。

「斜めになるときに、連結フックの遊び分がガシャーンと前につんのめるんですよ。後ろ向きに流動するので、クルマで見ると屋根の後端がレールに当たるおそれがあるのだけれど、そのときのオーバラン分が見積もってないんです。今までもそれで問題になったことがあるんですよ」

塗装担当者はハンガーの図面を指さしながら理解を得ようと必死だった。その言葉には、日々の生産の苦労が滲み出ていた。

「なるほど。それで、あと何ミリ必要ですか」

「最低でもあと二〇ミリは欲しいです」

気の弱そうな塗装担当者は、懇願するような目で織田を見た。

「分かりました、二〇ミリですね」

「ちょっと待ってください。二〇ミリも前に出したら、三列目の乗員の頭周りに圧迫感が出ます」

インテリア担当の沢原が心配そうに異議を唱えた。

「織田さん、内側が乗員のヘッドスペースで決まっている以上、二〇ミリもルーフ後端を前に出すと、デザイン的にまとまりがつかなくなりかねません。それに、ルーフ後端は空気抵抗の低減に効果があるので、前に出すどころか、もっと後ろに伸ばしたいという要望も出ているんですよ」

エクステリアの三浦も不安げだった。

織田は、三人の視線を感じながらしばらく考え込んでいた。

「三浦君、ルーフ後端のガラスより上の部分を黒いフィルムでマスキングしてみて」

三浦は、織田に言われるままフィルムを貼った。織田はモデルから少し離れて、デザインモデルの後ろ側をいろいろな角度から眺めた。

「三浦君、どうだろう。デザイン上、許容できるかな」

「ガラス部分が黒いので、まあ、なんとかなりそうですね。全体の調整は必要ですが」

三浦も後ろ姿を確認してそう答えると、

「樹脂にするということですね、無塗装の」

と言葉を続けた。

「そのとおり。樹脂にすれば、塗装ラインではこの黒い部分は外されているから、レールとの干渉は防げる。塗装が終わってから組み付ければいいからね。どうしても車体色にしたいという声が多ければ、樹脂に塗装もできるが、コストとのバランスであとでも決められる」

「それなら逆に、空気力学上の効率のいい形にすることもできますね」

三浦は、この案に新たな可能性を見出したようだった。

こうして、再び浮上した塗装ライン新設案は回避することができた。

数日後、織田は追加投資のリストを手に、埼玉工場を訪ねた。

会議室には原島と関係者たちが集まっていた。

「『日本ミニバン』は、これまで紆余曲折があって、埼玉工場で生産可能ならという条件でようやく開発GOが認められたクルマです。もしここで、投資が大幅に増えたとなると、差し戻しになって開発中止という可能性もあります。ご存じのように、塗装ラインの件についてはルーフ後端を樹脂化することで大幅な投資削減が可能となりました。そこで、今回もクルマサイドで解決できることがないか、まず検討したいと思います。そのうえで、誠に僭越ながら、みなさんの投資提案に便乗値上げが含まれていないかを……」

織田の言葉にどっと笑いが起こった。

「……原島さんと一緒に、現場を確認させていただきたいと思います。よろしくお願いします。それでは、いただいたリストに従って話を進めたいと思います。まず、車体搬送用のスプロケット補強となっていますが」

「それについては、こちらにお願いします」

担当者の案内で工場の二階に上がって、大きなチェーンが掛けられたスプロケットの前に着いた。すぐにカバーの中を覗き込んで織田は驚いた。スプロケットは、何度も補修されて継ぎはぎだらけだったのだ。生産担当者には相当の苦労があったんだろうな……織田は頭が下がる思いだった。

「たしかに、強度はぎりぎりのようですね。ここまで、よく使い切りましたね。ここの投資については了解しました」

担当者は、ホッとした表情で頭を下げた。

「次は、ハンガーについてですが、強度アップとなっています。どういった内容でしょうか」

一行はハンガーの前に移動し、担当者が説明を始めた。

「これについては、現状生産車種で許容荷重がぎりぎりなので、クルマの重量増加分ハンガーを補強したいという内容です。ハンガーは数が多いので、全体投資としては大きな値になっています」

「最小限の補強で済むように、開発センターで応力の測定をさせていただいてもよろしいでしょうか」

織田が言うと、原島が口をはさんだ。

「いや、そこまでしてもらわなくても、こちらでもう少し検討してみるよ。考えてみれば、補強してハンガーの重量が増えると、クルマの重量増とハンガーの重量増で、ハンガーを吊り下げているレールにはダブルパンチだ。といってレールを補強するとなると、工場の広い範囲に影響が及ぶから、さらに投資がかさむ。なんとか工夫して、それは避けたい」

「それでは、この件はいったん取り下げでよろしいですか」

「うん、それでいい」

　こうした議論を交わしながら、織田は原島と共にリストに記載された場所すべてを順に回り、結果として投資を最小限に抑えることに成功した。

モグラたたき

　爽やかな秋風が吹く気持ちいい朝、織田が出勤すると、彼の席でエンジン設計の麻野が待っていた。

「織田さん、試作車に乗ってみませんか」

「もちろんいいけど……どうして？」

「乗ってみればお分かりになります」

　さっそくテストコースに移動して、麻野が準備した試作車に一緒に乗り込んだ。

　走りだしてすぐ織田は、ずっと懸案だった発進時のもたつき感がなくなっているのに気がついた。何をやったんだ。エンジンを変えたのか？　そんなエンジンはないはずだが……不思議そうにしている織田を見て、麻野がニヤニヤしている。

「どうですか」

「いいねー。エンジントルクが増しているようだ。何を変えたのかな。エンジン本体はいじれないと思うし」

「織田さんが騙されるようなら大丈夫ですね」

試乗を終えて待機室に入ると、一人の若いエンジニアが部品を持って待っていた。

「彼が考えてくれたんです」

麻野がそう言うと、その若者はペコリと頭を下げて部品を差し出した。

「スロットルボディだね」

「そうです。この部分を少し偏心させたんです」

若いエンジニアは、スロットルワイヤーの巻き取りドラムを指さして説明を始めた。

「欧州高級車は、大排気量のあり余るパワーで発進時に車輪が空転しないように、この部分に偏心遅角方式を使っています。われわれのクルマはパワー不足ですので、偏心を逆向きにして偏心進角にしてみたらどうかと考えたのです」

「つまり、あまりアクセルを踏んでいなくても、アクセル開度を開くということだね」

「ええ。それに、われわれのクルマの場合、車重に対してエンジントルクが小さいので、急発進の問題はありません」

麻野が付け足した。

「素晴らしい。本当にありがとう」

織田は、満面の笑みで若者の手を取って握手した。

こうして、開発初期からの懸案は、この若いエンジニアのおかげで解決した。


これ以降、技術上の大きな問題が発生することもなく、開発は着々と進みはじめた。

車輛試験のまとめ役である荒木は、メンバーたちが帰ったあと、毎晩のように試作車に乗って改善すべき点をメモ書きしては、それぞれの担当者の机に貼った。翌日出勤してメモを見た担当者は、的確な指摘に感謝し、これを「荒木メモ」と呼ぶようになった。

クルマの運転が大好きな織田も、会議の合間を縫って可能な限り試作車に乗った。クルマのレベルが上がるにつれてより細かいことが気になるようになり、まるでモグラたたきのようだと思った。

あるとき、織田はいつものようにテストコースを走っていて妙なことに気がつき、荒木を呼んだ。

荒木はすぐに車輛試験担当者を伴ってテストコースにやってきた。

「クルマの素性はずいぶんよくなっていると思うんだけど、右旋回のときだけユラユラと、わずかにクルマが揺すられるような気がするんだよ」

「そうですか。右旋回だけですね」

「うん。四輪独立懸架だから不思議なんだけど。まるでパナールロッド付きのリジッドアクスルのクルマに乗っているみたいな感じなんだ」

「分かりました。調べてみます」

数日後、席にいた織田のもとに荒木から電話がかかってきた。

「直ったと思うんですが、テストコースに来てもらえますか」

さっそく試してみると、例の右旋回時の違和感が嘘のように消えていた。

「どこが問題だったのかな」

車輛試験担当者の答えは意外なものだった。

「排気管のマウントラバーが原因でした。硬度を見直してみたら直ったんです」

「あの現象の原因がサスペンションではなく排気管だと、よく分かったね。ところで振動騒音の担当者とは整合がとれているの？」

「もちろんです。織田さん、僕はこの分野のプロですよ」

彼は誇らしげにそう言って胸を張った。

多くの優秀な人たちに支えられているんだな……織田は改めてそう思った。

出会い

節目節目の開発チームと国内営業との会議には、国内を統括する吉村副社長がいつも出席していた。

「何で要らないって言うんだ！」

織田たちのクルマにまったく興味を示さない営業の幹部に、温和な吉村が苛立ってボールペンでコツコツとテーブルをつつく姿が痛々しかった。

営業部門の人間にしてみれば、「日本ミニバン」が開発部門の暴走と技術系権力者による押しつけの象徴のように感じられ、彼らはますます心を閉ざしていった。

年の瀬が迫るころ、世の中に出すに当たってどのような打ち出し方がふさわしいかを調査することになり、本社勤務の数十人が「日本ミニバン」の前に集められた。

自動車会社に勤めているとはいえ、本社の社員が発売前のクルマを目にする機会は限られているので、お客様の価値観に近いと考えられていた。

彼らは真剣に「日本ミニバン」を周りから眺めたり乗車したりしながら、その印象をアンケート用紙に記入していた。

「営業さんもかわいそうだなー！」

体験調査が始まって間もなく、会場全体に聞こえるような大きな声が響き渡った。会場に集まったみんなが声のするほうを見ると、背広姿の若い男性社員二人がクルマのほうに向かって仁王立ちになっていた。

「営業さんはかわいそうだなー！　こんなクルマを押しつけられて‼」

怒りに満ちた大きな叫び声だった。

それは、マーケティング手法でどう計測してもまったく売れるわけのない「日本ミニバン」を、吉村副社長や大久保事業担当役員などのトップを味方につけて強引に販売させようとする開発センターの織田に対する、本社社員の根深い反感を象徴するような出来事だった。

安定した品質で量産できるようにと、みんなが必死に頑張っているのに……織田は腹が立つというより情けなかった。

さいわい、この発言に会場内が混乱することもなく、体験調査は静かに続けられた。

それから数週間経っただろうか。織田のもとに国内営業から会議の開催を知らせる通知が届いた。

　今さら開発中止はないと思うが……織田の脳裏に、先日の体験調査の際、「日本ミニバン」の前で叫んでいた男たちの姿がよぎった。

「日本ミニバン」の生産準備も着々と進み、すでに、ここで開発を中止すると莫大な投資損失が発生する時期に入っている。

「装備仕様決定会議」と記されたその用紙には、一人の営業部長と、担当者と思しき数人の名前が記されていた。

　指定された日時に、織田は本社に赴いた。会議室のドアを開けると、予想よりもたくさんの人たちが集まっていて織田は驚いた。どこに座ればいいんだろう……戸惑っている織田を、最前列に座っていた年長の人物が手招きした。

　初めて会ったその男の傍らに着席した織田は、また責められるのではないかと気が気ではなかった。

「きみが織田君か。営業部長の志木だ。いろいろあったようだが……、販売する以上は売れるものにしなくちゃいかんだろう。ところで、きみはこういう会議に出たことはあるのか」

「いえ、ありません」

　織田は、装備仕様変化の少ないボディ設計出身だ。

「今日は、この『日本ミニバン』をどのようにグレード分けをして、販売するのかを議論したいんだ。要は、売りやすく、買いやすくだ」

志木武男部長の穏やかで優しい眼差しに、織田はホッと胸をなでおろした。

乞われるままに織田は、商品の特徴と、自分たちで考えていたグレード分けについての説明を行った。

グレード分けは、オーディオや空調、シート生地などを変化させて、とにかく安く買いたい人や、買う以上はゴージャスにしたい人など、顧客ニーズに対応する手法だ。

「……私たち開発チームは、必要最低限の装備でお求めやすい価格のSグレード、標準的な装備のMグレード、そして使い勝手を向上させる最新装備満載のLグレードの三つのグレードを想定して開発を進めてきました。それぞれの内容はお手許の資料のとおりです。グレード名のS、M、Lについては、われわれ自身が覚えやすいように仮に設定しているだけなので、もちろん、変えてもらっても結構です」

「二列目のシートはS、M、Lのすべてに二人掛けと三人掛けがあるんだな」

「はい。二列目シートは、グレード差というより子供の年齢と人数などの家族構成によってニーズが変化するので、各グレードにそれぞれ二パターン設定したいと考えています」

「車体色の違いもあるからなー。販売するクルマの種類が増えすぎるんじゃないか。

生産も販売も、種類が多すぎると困るんだよ。たしかにフルチョイスは理想だが、生産・販売の管理が煩雑になりすぎる。二人掛けの独立シートは、ゴージャスな見え方を活かしてLグレードの魅力づけに使ったらどうだろう」

クルマの販売を熟知した志木の言葉には、なるほどと思わせるものがあった。

「私からもいいですか」

若い部員が発言を求めた。

「ブレシアの販売状況から見て、オートエアコンの装着はもう少し限定的でもよいのではないでしょうか。それから、後席エアコンについてですが……」

参加するほかの営業部員からも、各人の販売経験や市場動向を加味した建設的な意見が次々に出て、白熱した議論が延々と続いた。

リーダーによってこんなにも変わるものなのか。もう少し早く出会えていれば、もっと開発が楽だっただろうに。待てよ、あまり早くに巡り会っていたら、必死で考えた想像の中のお客様の要求よりも、眼前の現実である営業部門の要望に重きを置いてクルマづくりをしていたかもしれない。現市場の状況に立脚すると革新的なものは生みだせない恐れがある。人は出会うべき時に、出会うべき人に、巡り会うものなのかな……。

織田は志木部長との出会いに感謝しつつ、ふとそう思った。

それからあとも、織田たち開発チームと、志木率いる国内営業とは何度となく会合を持ち議論を重ねた。そうするなかで、「日本ミニバン」は、萬田自動車の商品としててブラッシュアップされていった。

突然の脚光

一九九四年に入り、開発が終盤に差しかかるころから、社内の雰囲気がガラリと変わりはじめた。

ワンボックスカーやミニバンなどＲＶは、もはや無視できない存在となっていたのだ。

他社がセダン販売の落ち込みをＲＶでなんとか補っているなかで、セダン販売だけに頼る萬田自動車は不振に喘いでいた。巷では、オフロード車で有名な五稜自動車に吸収合併されるのでは、という噂がまことしやかに囁かれるほどだった。

社内に危機感が広がると、ある日突然、新型セダン開発によって遅れた「日本ミニバン」の市場投入時期を早めるようにとの指示が出た。いきなり開発を前倒しにするのは難しいことではあるが、織田たちはこれをチャンスと受け止め、喜んで受け入れた。

するとと今度は、一群のセダンベースのRVを開発する話が持ち上がり、織田たちのクルマは戦略車のうちの一台という位置づけになった。それまで誰からも相手にされず、そのぶん、自分たちのやりたいように開発を進めてきたチームのみんなは、急激な状況の変化に目を白黒させた。

クルマを見せろと言う役員や幹部社員が増え、いろいろと注文がついた。

「バンパーの空気取り入れ口から中が見えるので黒く塗ったらどうか」

「樹脂部品は、すべて車体色に塗ったほうが綺麗では」

などと、役員たちはてんでに注文やら感想やらを口にした。

「スイッチの位置を見直したほうが、さらに使いやすいのでは」

と〝改善案〟を述べる部長もいた。

織田はそれらの意見を、発言者の地位の高低にかかわらず、ほとんど取り入れなかった。商品は役員への贈答品ではない。お客様の望まないコストアップをしないこと、品質を守ること、この二点に織田は強い執念を持っていたのだ。

「クルマには三万点も部品がある。長い時間をかけて一つひとつ確認してきたことを開発の終盤に変更すると、思いもよらない品質問題につながるおそれがある。『Be tter is the enemy of good』だ」

ロケット工学の権威、フォン・ブラウン博士の言葉を借りて織田は口癖のように言った。

生産性向上

量産開始まで残り数か月に迫った、茹だるように暑い夏の日に、織田と開発チームの数名は、四年前にサーガ開発責任者の長岡らとサーガの生産性向上に奮闘した、埼玉工場の片隅の会議室にやってきた。

「日本ミニバン」はサーガに比べると懸案事項が極端に少ないため、設計者が埼玉工場に常時滞在する必要はないという判断はすでに下されていた。

今度は、僕が長岡さんの役割をする番だな……織田は気持ちを引き締めて第一回の生産性向上会議に臨んだ。

数十人はいると思っていた参加者は意外に少なく、取りまとめ役の原島と坂東のほかに十人足らずがいるだけだった。

「日常的に生産部門と話し合って開発してきたので、大きな懸案は残っていません。細かい内容は、私に任せてもらえますか」

設計部門の取りまとめ役である坂東が、確信に満ちた表情で織田に言った。

「分かった」

第一回目の会議とあって意気込んでいた織田は、すっかり拍子抜けしてしまった。

そもそも、投資を抑えるために埼玉工場に寄り添うように開発を進めてきたクルマである。加えて、コストや開発工数を抑えるために部品流用率を高めるべく腐心した。そうしたことが功を奏しているようだった。

しかし、物事はすべてがそう簡単にいくわけではない。

「今さら言われても困ります！」

声のするほうを見ると、若い設計者が、生産技術者に食ってかかっているようだ。机の上にはドアが一枚置かれ、その前で原島が困ったような顔をして座っている。

織田はすぐに駆け寄った。

「どうしたんだ」

「織田さん、ドアのサッシュ周りは設備段取りが大変なのは知っていますよね」

「ああ、もちろん知ってるよ」

サッシュはロール製法でつくられるため、設備の準備に長い時間を要する。

「途中で変更ができないから、何度も生産担当の方に確認して進めてきたのに、今になってシールラバーが組み付けにくいと言うんですよ」

設計担当者は憤懣やる方ないという表情だ。

「このシールラバーのことかな」

織田は自分で実際に、机の上に置かれたドアにシールラバーを組み付けてみたが、たしかにうまく組み付けられない。

「君ならできるの？」

「もちろんです」

設計担当者は四苦八苦しながらも、なんとかドアにシールラバーを組み付けた。

「組み付くことは組み付くが、簡単ではないね。君が工場に転勤したとして、毎日何百本もこのシールラバーを正確に組み付けられるのかな」

「僕には難しいかもしれません。でも、生産担当者は組み付け可能という判断をしていたんです」

「いやいや、申しわけない。なんとか組み付けられると生産担当者が判断していたのは事実なんだ。しかし、実際に量産同等の生産速度で何十台か生産してみたところ、どうしても決められた時間内には組み付けられないと私が判断したんだよ」

原島はすまなそうな顔をした。

「そんなぁ……。だからといって、今になって変更しろと言われても困りますよ。それが心配だから、何度も何度も確認して、これでいいということになっていたのに……。サッシュメーカーさんに顔向けできません。織田さんだって、開発終盤の設計変更は控えるようにって、日頃から言ってるじゃないですか」

「そうか、僕の真意が伝わっていなかったんだね。僕が『Ｂｅｔｔｅｒ ｉｓ ｔｈｅ ｅｎｅｍｙ ｏｆ ｇｏｏｄ』と言っているのは、よかれと思って安易に変更すると、予測できない不具合が発生する場合があるという意味なんだ。つまり、開発終盤には、すでにグッドになっているものにベターを求めない、ということ。で、この場合はどうだろう、はたしてグッドになっているだろうか。決められた時間内に組み付けられないということは、現状はバッドなわけだよ。バッドはグッドにしなければならない。言った言わない以前のことだよ」

「……たしかに、そうですね。僕……ちょっと誤解していたかもしれません」

「いや、僕の伝え方もよくなかったのだろう。ともかく、ロール断面自体を変えなくても、切り欠きの形状とか、シールラバーの断面の工夫とか、設備の変更が最小限になるような方法をなんとか探ろうよ。もちろん、水漏れや風切り音などには最大の注意を払って。もし、部品メーカーさんが怖いなら、一緒に話してあげるから」

「分かりました。なんとかやってみます」

設計担当者は、ようやく納得したようだった。

懸案事項が少ないとはいえ、やはり判断が難しいこともありそうだと感じた織田は、これ以降、毎日原島に電話して、生産性に関する困りごとがないかを確認することにした。

お披露目

夏が終わりに近づくころ、発売を間近に控え、販売店に対する説明会が始まった。

地域別に数十人単位で集まった営業マンに、織田は資料を使って丁寧に商品の特徴を話した。

一回目の説明が終わって質疑の時間になると、一斉にたくさんの手が挙がった。

「こんなクルマは要らない」の大合唱になるのではないか……開発中の周囲の反応を思いだして、織田は思わず身構えた。

最前列に座っていた中年の男が、司会の指名も待たずに立ち上がった。

「いやー遅かったねー。なんでもっと早ように出せへんかったんかなー」

恨めしそうに睨んだ顔は、すぐに笑顔に変わった。

「そやけど、ほんまにええクルマやわ。こんなんが出てくるのを待っとったんや。あんた、ぜひ、関西地区に来て、うちらの販売店を回ったってください」

男はそう言うと立ったまま拍手を始めた。パチパチ、ひとり、またひとりと立ち上がり拍手は部屋中に広がった。

「うちにも来て！」

「うちにも頼む！」

賞賛と訪問依頼の連続だった。

「もちろん伺いますとも！」

織田は満面の笑みで答えた。なんとも予想外の、嬉しい驚きだった。ここで受け入れられなければ自分で売って歩くしかない――真剣にそう考えはじめていたのが嘘のようだ。

この様子をチームのみんなに見せたいと思った。

「ご依頼の件は、本社営業で預かります」

このままでは収拾がつかなくなると感じた司会が慌てて制止した。

説明会が終わると、一人の営業マンが織田に近づいてきた。

「新規客が減って、ほんまに苦戦しとったんですわ。そのうえ、長年お付き合いしていただいとるお客さんから、『申しわけないけど他社のRVを買うよ』と言われたときには、正直焦りました。釣りに行く道具一式が積めへんからやそうで」

そのときの情景を思い浮かべているらしく、悔しそうに話しはじめた。

「お客様が他社に移ったんですね」

「いやいや。しょうがないから、私が他社のお店から買ってきてあげたんですよ。クルマを買うのは私からにしてもらわんと。このままでは、いつまで他社のクルマを売らなあかんのかと不安やったんです」

男は突然、織田の手を取って強く握りしめた。

「ほんまにありがとう。これで堂々とうちのクルマを売れます」

「こちらこそ、私たちのクルマをどうぞよろしくお願いします」

織田も彼の手を強く握り返した。

発表会

織田たちのクルマは長い旅を意味する「ユリシーズ」と名づけられた。古代ギリシャの英雄オデッセウスのラテン語名を英語読みしたもので、このクルマで家族旅行を楽しんでもらいたいというチームの思いが込められている。

発表会前日、人気芸能人が結婚披露宴を催したことで話題になった高級ホテルの巨大なホールでは、たくさんのスタッフが慌ただしく準備を進めていた。

織田は四十代になっていたが、相変わらず人前に立つのが苦手だった。

「それでは、リハーサルをスルーで行います」

ディレクターがそう言うと、本番さながらにリハーサルが始まった。

開会の挨拶に続き、社長・担当役員挨拶が代理で行われ、クルマが舞台に登場。いよいよ織田の出番だ。

「ユリシーズ開発責任者の織田翔太より、商品のご説明をさせていただきます」

司会の声が広い会場に響いた。

登壇した織田の目の前には、ガランとした座席が広がっているだけなのだが、織田の胸は激しく波打ち、頭の中は真っ白になった。

「はい、落ち着いて。もう一度登壇からやってみましょう」

ディレクターに促されてやり直したが、やはり上手くいかない。

「明朝までには時間がありますから、今夜よく練習しておいてください」

織田は面目なげに首をうなだれて舞台を降りた。

ホテルの自室にプロジェクターを用意してもらって一人で練習することにしたものの、織田は夜が明けるのが怖かった。明日は、経済記者、モータージャーナリスト、お取引先、の三回公演なのだ。


発表会当日、広い会場はたくさんの人びとで埋め尽くされ、ピリピリした雰囲気が漂っていた。

いよいよ織田の登壇の順番が迫った。スーツをびしっと着た織田は前日とは打って変わって落ち着いていた。恐怖に打ち勝とうとあがいた末に、カッコよく見せたいという欲が自分にあることに気がついたのだ。恐怖は欲の裏返しだ。

今日の主役は自分ではなく、みんなでつくり上げたユリシーズだ。このクルマのよさをきちんと伝えること、それさえできれば多少の失敗は関係ない。そう思い至ると、織田の心はすーっと落ち着いたのだった。

無事に説明を終え、「ありがとうございました」と言おうとしたその瞬間、脳裏にみんなの顔が走馬灯のように次々に浮かんできて、織田は声を詰まらせた。

萬田自動車では、開発が完了しクルマが市場に投入されると、開発チームは解体され、メンバーは散り散りになって、それぞれ新たなチームに移動することになっていた。

チームのみんなとの別れの時が近づいていた。

神戸試乗会——一九九四年秋

モータージャーナリストを集めた試乗会は、神戸港に隣接した高級ホテルを基地として行われた。メリケン波止場に面したホテルの庭園に吹く風は、いつのまにか秋の温度に変わっている。

ホテルの駐車場の一角には、ピカピカに磨かれたユリシーズがずらりと並べられ、ジャーナリストの試乗を待っていた。

「こうしてみると、壮観ですね」

麻野は朝日を顔に受けて眩しそうに手をかざしながら言った。

「そうだね。もうすぐ街で見かけるようになるね。ここに来るまでの紆余曲折を思うと夢のようだ」

織田は感慨深げな面持ちで自分たちのミニバンを見やった。

「僕のサスペンション、ジャーナリストはどう評価してくれるかな」

初めてジャーナリストと接する若い今井は、自信と不安が入り混じった複雑な心境だった。

「大丈夫だよ。その様子に、織田と麻野は顔を見合わせて笑いだした。さんざんみんなで乗って確認したじゃないか」

「それはそうなんですけど……」

織田の言葉も、今井の不安を拭うことはできないようだった。


試乗会が始まると、織田はジャーナリストが神戸市内や六甲山の試乗から戻ってくるのを待ち受けていて、近寄って感想を聞いた。

元レーサーの有名なジャーナリストは、腕を組んで少し考えながら織田に言った。

「雲の切れ間からようやく陽が射してきたような感じですね。運転感覚がとても軽快で、よくできたセダンのようです。いや、むしろセダンよりも上かもしれません。どうして、こうなったんでしょうね」

「七人乗っても安定して走れるクルマを目指したので、一名乗車では、圧倒的にシャーシー性能に余裕があります。おそらくそのせいで、懐が深くなっているのではないでしょうか」

ある古参のジャーナリストは、謎が解けて満足げだった。

「いやー。六甲山で新型RVの試乗会と聞いて疑問に思って来たのですが……。乗ってみて、その意味が分かりました。山道のワインディングロードを楽しめる素晴らしいハンドリングですね。ほかのメーカーさんのRVでは、とてもできない芸当です。さすがは萬田さんのクルマですね」

「織田さん、乗り味はみんなにすごく好評ですよ」

今井は嬉しさでほほを緩ませながら、ジャーナリストに褒められたことを報告に来た。エンジンのパワー不足を指摘する者もいたが、それも大きな話題とはならず、織田たちのクルマはジャーナリストから大喝采で受け入れられたのである。

夜になると、ホテル最上階のバンケットで懇親会が開かれた。

挨拶に立った広報責任者のスピーチを聞いた織田は、思わず自分の耳を疑った。

「みなさん、神戸までお越しいただきありがとうございます。参考までに、現在の受注状況は一万七千台です」

一万七千台……？　販売を開始してまだ一週間しか経っていない。広報責任者は桁を間違ったのだろう、千七百台でも十分な数字だ。そう思った織田は、スピーチを終えた広報責任者に近づいた。

「失礼ですが、いまお話しになった受注の数字は桁を間違えていませんか」

「エッ」

相手は急いでもう一度受注速報に目をやったあと、安堵した様子でそれを織田に差し示した。

「自分で確認してみてください」

織田は用紙の受注合計欄の数字を見た。

一万七千。

目を凝らして何度も見るうち、数字は滲んで見えなくなった。

織田はその用紙を握りしめてそっと宴会場を抜け出すと、チームのメンバーたちがいる控室に向かって走りだした。

試乗会結果のまとめを作成していたメンバーたちは、織田が慌てた様子で部屋に駆け込んできたのを見て驚いた。

「なにかあったんですか」

「みんな、これを見てくれ」

織田は震える声でそう言うと、握りしめていたせいでクシャクシャになった紙を差し出した。

その紙を受け取ってじっと見つめていた今井が突然、大きな声で叫んだ。

「受・注・一・万・七・千・台！」

「エーッ⁉　ホントか？」

そう言って、今井の手から紙を奪い取った角谷も思わず叫んだ。

「ホントだ！　ヤッター！　バンザーイ！」

「バンザーイ！」

「バンザーイ！」

歓喜が怒涛のように部屋中に広がった。

しばらくすると、全員が織田のもとに集まってきた。

「織田さん、よかったですね」

「大成功、おめでとうございます」

織田は一人ひとりに感謝の気持ちを伝え、握手した。

ユリシーズ開発に育てられて、みんなの顔がひと回り逞しくなったような気がした。

「みんな、ありがとう。苦労をかけたね」

「苦労……ですか？　このクルマの開発は楽しかったですけど」

「みんな苦労なんて思ってませんよー、織田さん」

織田たちは湧き上がる歓喜に身を任せ、とめどなく流れる涙を拭うこともせずに高らかに笑った。


好評裏に試乗会を終え、栃木の開発センターに戻った織田は、机の上に一通の封書を見つけた。

誰からだろう……。和紙製の綺麗な封筒を裏返して差出人の名前を見ても、まったく心当たりがない。封を切って中身を取り出すと、巻き紙に書かれた手紙が出てきた。

「ユリシーズの成功おめでとう。

私には、ユリシーズが日本市場で受け入れられるとは到底思えなかった。そこで、国内販売をなんとか阻止しようと考えて行動してきた。だが、貴兄は、周囲の強い反対を押し切って強引に開発を続けてしまった。私が貴兄の行動に激しい憤りを感じていたのは事実だ。

しかし、蓋を開けてみると、ユリシーズは子育て世代に広く受け入れられ、萬田自動車の理念である『お客様の喜び』を新たに生みだした。

残念だが、私の判断は間違っていたようだ。

虫のいい話と思われるかもしれないが、そこでお願いだ。

実は、私は今、本社を離れて地方に出ている。

私の担当している地域で、ユリシーズについて貴兄の口から商品説明をしてもらえないだろうか。私のもとで働く数十人の営業マンを集めて、販売促進会議を……」

そうか、僕に出入り禁止宣言を言い渡した、あの国内営業の幹部なのか……率直に自らの非を認め、相手を認めて真っ直ぐに進もうとするその潔さが、織田の心に響いた。

そしてまた、ユリシーズを売ろうとしてくれる人は、誰であれ、ありがたい。織田はこの申し出を快く受けて、足取りも軽く出かけていった。

草莽崛起《そうもうくっき》のエンジニア集団が創り上げたユリシーズは、子育て世代の家族から歓迎されて、空前の大ヒット商品となった。

これに勢いを得た萬田自動車が、乗用車ベースのＲＶを次々とヒットさせたので、他社もこの流れに逆らうことはできず、類似商品を市場に投入することとなった。

やがて乗用車をベースとしたＲＶは市場の主流となり、一世を風靡した商用車ベースのＲＶは、市場から駆逐されていった。

了

本書は、二〇一六年十月、弊社より刊行された単行本を加筆・修正し、文庫化したものです。

本作品はフィクションであり、実在の人物・団体などとは一切関係がありません。

文芸社文庫

ユリシーズ「日本ミニバン」誕生物語

二〇二〇年十二月十五日　初版第一刷発行

著　者　小田垣邦道
発行者　瓜谷綱延
発行所　株式会社　文芸社
〒一六〇‐〇〇二二
東京都新宿区新宿一‐一〇‐一
電話　〇三‐五三六九‐三〇六〇（代表）
〇三‐五三六九‐二二九九（販売）

印刷所　図書印刷株式会社
装幀者　三村淳

ISBN978-4-286-22210-3

［文芸社文庫　既刊本］

宇賀神修

フェルメール・コネクション

フェルメールの絵に隠された〝鍵言葉〟と、第二次大戦の封印された事実を探る新聞記者の森本は、ロスチャイルド家とナチ残党の暗闘に巻き込まれていく。史実と虚構が織り成す壮大なミステリー。

小島英俊

昭和の漱石先生

実は漱石は終戦の日まで生きていた⁉　敗戦へと向かう日本の流れを止めようと、漱石はどんな手を打ったのか。昭和史の裏で暗躍する姿を描く歴史改編小説。第２回歴史文芸賞最優秀賞受賞作。

深堀元文

前世療法探偵キセキ

若き精神科病院長・小此木稀夕は、ある女性から体験させられた「過去生返り」で３つの事件を見る。それは現世で起きた「立春の日殺人事件」とどう関わるのか。現役精神科医が描くミステリー。

三吉眞一郎

死の名はワルキューレ

第二次大戦末期、独空軍中将ガーランドは、極秘に製造を進めていた戦闘機「ワルキューレ」に乗り込む精鋭部隊を結成する。愛する人を守るため、祖国を守るため、軍人たちは誇りを胸に立ち上がる。